육성방법

그녀를 위한

히로인

⑤

시원찬은

마루토 후미아키 지음
미사키 쿠레히토 일러스트
이승

KB012910

휴우, 드디어 한숨 돌림……

아니, 앉으로도 쉴 틈은 없을 거야.

서브 히로인 시나리오를 재검토하고

선택지 쪽도 보강해야 하고

⋯⋯몸 한 번 더 씻어둘까?

절룸 군으로 변하면서⋯⋯

갓 잠에서 깨어난 유리 군이

"자기, 이제 그만 일어나." 라고 말하면서 그를 흔들어 깨우자

그가 여전히 졸고 있어서

마지막으로 추가 시나리오의 체크를 하려고 했더니

"요즘 같은 시대에
후야제에서 포크 댄스를 춘다니, 그야말로
미소녀 게임에나 나올 법한 학교네."

"미소녀 게임 히로인은 그런 업계
뒷사정 조크 같은 건 안 한다고요."

목차

프롤로그

방과 후 시청각실에 희미하게 스며드는 붉은 석양에서도 차가운 느낌이 드는 11월 초……

"자아, 시나리오 담당님. 수고 많으셨습니다~!"

……그런 석양과 마찬가지로 추위가 감도는 교실 안을, 하이 텐션의 밝은 목소리가 따뜻하게 만들었다.

잠깐, 지금까지의 프롤로그와 달리 첫 한마디가 엄청 긍정적인 것 같은데?!

"그런고로 뒷일은 저희에게 맡기고 신작 라이트노벨 집필에 전력투구하세요♪ 잘 가요, 카스미가오카 우타하…… 영원히 안녕."

……하지만 그런 느낌이 든 시간은 잠시에 불과했다. 결국 늦가을의 기온만큼 차가운 목소리로 이곳을 순식간에 얼어붙게 만든 이는, 금발 트윈 테일이라는 헤어스타일 탓에 츤데레라는 표현이 매우 잘 어울리는 여자애였다.

"방해꾼을 쫓아낼 수 있어서 좋아 죽겠다는 말투네, 사와무라 양. 어차피 한 달 후에는 납기일을 맞추지 못해서 눈물 콧물로 범벅이 된 얼굴로 고개를 조아리면서 용서를 구할 거잖아? 그러니 적당히 빈정거리는 편이 좋을 것 같은데?"

아, 이쪽은 평소와 다름없군.

졸린 듯한 표정과 말투로 인정사정없이 음흉한 말을 내뱉으며 이곳의 공기를 얼어붙게 만들고 있는 이는, 흑발 롱헤어라는 헤어스타일 때문에 말과 행동에 숨겨진 의도가 있다는 의심을 사게 되는 여성이었다.

"어머. 친절한 마음으로 당신의 작업과 몸 상태를 걱정해주고 있는데, 그런 배려조차 솔직하게 받아들이지 못하는 거야? 역시 소설가는 대부분 속 좁고 마음 배배 꼬인 성격 파탄자들이라는 건 헛소문이 아닌가 보네~."

"나는 그저 자신이 맡은 작업을 끝내지도 않았으면서 마감 직전에 애니메이션과 게임, 만화로 현실 도피하는 일러스트레이터라는 직종의 사람들이 그렇게 여유를 부리다 나중에 부메랑을 맞지나 않을까 걱정해준 것뿐인데?"

"두 사람 다 이렇게 경사스러운 날에 정상 운행(싸움) 좀 하지 마!"

예. 매번 반복되는, 시청각실 창가와 복도 쪽에 있는 두 미소녀의 소개 타임입니다요.

한쪽은 애니메이션과 게임, 만화로 현실 도피를 하지만 궁지에 몰렸을 때만 발휘되는 속도와 퀄리티는 눈꼴사나운…… 아니, 엄청난 일러스트레이터, 카시와기 에리이자, 혼혈 금발 트윈 테일 동급생, 사와무라 스펜서 에리리.

다른 한쪽은 속 좁고 마음 배배 꼬인 성격 파탄자이지만, 전심전력을 다해 쓴 작품의 스토리와 캐릭터 묘사는 무시무시할 정도인…… 아니, 끝내주는 소설가, 카스미 우타코이자, 흑발 롱헤어 상급생, 카스미가오카 우타하 선배.

그럼 이쯤에서 평소처럼 자기소개를 하겠다.

이 물과 기름, 아니 1급 청정수&프리미엄 올리브 오일 급인 두 사람이 모인 경이적인 무명 동인 서클 『blessing software』 대표, 아키 토모야.

이 이야기는 쇠퇴하고 있는 한 업계에 도전장을 던진 열혈 오타쿠들의 기록이다.

동인 미소녀 게임 업계의 완벽한 무명 약소 서클이 에로 전성기인 풍조 속에서 건전한 모에와 감동을 자아내며 겨우 몇 번의 이벤트 만에 셔터 서클로 승격하는 기적을 일으켰다. 이것은 그 기적의 원동력이 된 신뢰와 사랑을 아낌없이 라이트노벨화한 작품이다.

……뭐, 이런 헛소리는 일단 제쳐두겠다.

오늘은 평소 미팅 때와는 달리 트러블 발생이나 스케줄 지연, 제작비 착복 발각 같은 어이없는 의제는 없다. 게다가 우타하 선배가 『모든 시나리오 완성』이라는 위업을 달성한 기념할 날이기까지 했다.

하지만…….

"그렇게 나를 도발해봤자 아무 소용없어. 시나리오가 완성된 이상, 이 서클에는 네가 있을 곳이 없다는 건 엄연한 사실이니까 빨리 돌아가 주시죠, 카스미가오카 우타하…… 아니, 카스미가오카 선·배·님?"

그래도 이 두 사람은, 다툼을, 멈추지 않았다!

"정말 그래도 괜찮겠어? 사와무라 양. 지금 나를 쫓아낸 바람에 더 엉망진창으로 두들겨 맞게 되어서, 결국 나중에 울면서 나에게 도움을 청할지도 모르잖아."

"아앙? 너 지금 무슨 소리를 하는 거야? 그게 대체 무슨……."

그리고 두 사람 사이의 분위기가 더욱 심각해지고 있는 이 해 질 녘에…….

"안녕~ 토모! 신곡 완성됐어~."

갑자기 시청각실 문이 열리더니 밝고 느긋하며 커다란 목소리가 들려왔다.

"미, 미치루?!"

"이야~. 토요가사키는 역시 머네. 학교 끝나자마자 출발했는데 해 질 녘이 되어서야 도착했어."

시청각실 입구에는 커다란 리본이 인상적인 다른 학교 교복을 입은 여학생이 서 있었다. 기타를 든 그 소녀는 날씨가 추운데도 불구하고 희미하게 땀을 흘리면서 나를 향해 미소 짓고 있었다.

"아니, 그것보다 너 왜 평일에 우리 학교에 온 거야?!"

"아, 어젯밤에 엄청 좋은 곡이 머릿속에 떠올랐거든~. 그래서 한시라도 빨리 토모에게 들려주고 싶다는 생각 때문에 딴 일이 손에 잡히지 않지 뭐야~."

우리 같은 오타쿠와 정반대되는 존재인 리얼충(하지만 주로 동성에게 인기 있음). 하지만 오타쿠들의 눈물샘을 자극하는 곡을 차례차례 써내고 있는, 번지수 잘못 찾은…… 아니, 믿음직한 작곡가임과 동시에 애니메이션 송 계열 록밴드 『icy tail』의 보컬인 밋치이자, 나와 동갑내기 사촌인 효도 미치루다.

"그럼 음원만 보내면 되잖아……."

"역시 토모는 뭘 모르네. 생음악과 녹음 음원은 같은 곡이라도 임팩트가 완전히 다르다구. 자, 지금 바로 연주해줄게. 잘 들어봐."

"아니, 결국 게임에 수록하는 건 녹음판인데……."

"사소한 건 신경 쓰지 말라구…… 영, 차."

"어, 어이, 미치루!"

친척이라는 이유로 내 앞에서는 무방비하기 그지없는 이 사촌은 이쪽 분위기를 전혀 파악하지 못한 채 기타를 들면서 의자가 아니라 책상에 걸터앉았다.

……그렇다. 그녀는 평소 버릇대로 양반다리를 하고 앉았다.

교복의 짧은 치맛자락 아래로 보이는 단련된 허벅지를 아낌없이 드러내면서 말이다.

"……으."

"……으."

……그 순간, 풀리기 시작하던 분위기가 다시 얼어붙었다. 얼어붙었다. 얼어붙었다. 완전히 얼어붙었다.

"인마, 연주할 거면 서서 해. 아니면 의자에 앉아서 하라고!"

"에이~. 귀찮은데~."

"그리고 곡 만들어서 와준 건 고맙지만, 연주 끝나면 바로 돌아가. 늦어지면 삼촌이 또 걱정할 거야."

"으음~ 오늘은 그냥 재워줘~. 내 옷, 아직 토모 방에 있지?"

"자, 잠깐만! 효도 미치루!"

……그리고 다음 순간, 황금색 바늘이 다이아몬드더스트처럼 꽂혔다.

그러고 보니 에리리가 상대를 풀 네임으로 부르는 기준은…….

"너 대체 어떻게 학교 안에 들어온 거야? 그것도 다른 학교 교복을 입은 채로 말이야."

"아~ 『경음악부 간의 합동 연습』이 있어서 왔다고 말했더니 바로 들여보내 주던데?"

미치루 녀석, 이런 잔꾀와 배짱은 톱클래스라니깐.

성적은 턱걸이로 진급할 수준이지만 말이야.

"그리고 나는 너희 서클의 멤버잖아. 그러니까 너무 매몰차게 굴지 말라구."

"뭐……."

"그리고 나는 오타쿠 쪽에 전혀 흥미가 없지만, 토모가 하도 내 도움이 필요하다고 해서 어쩔 수 없이 협력해주고 있는 거야. 그런 사람을 이렇게 대하는 건 좀 그렇지 않아?"

"그그그그그, 그런 말이라면 나도 들었어!"

어? 에리리한테도 그런 말 했었나?

아니, 그 이전에 너희가 하는 이야기의 논점은 그게 아니잖아, 하고 딴죽을 날리고 싶었지만 이 상황에서 함부로 나설 수는 없다.

"그, 그리고 네가 불법 침입 한 탓에 서클 활동을 못 하게 되기라도 하면 어떻게 할 건데?"

"다른 학교 학생의 불법 침입 정도로 그렇게 될 리가 없잖아. 뭐, 불순 이성 교제라도 한다면 이야기는 다르겠지만 말이야."

아니, 다른 학교 학생이 아니라 같은 학교 학생과 그딴 짓을 해도 우리 서클과 나는 끝장난다고.

"오타쿠도 아니면서 학원물 순애계 에로 동인물의 시추에이션을 상상하지 마!"

그러는 네 상상력은 완전 그런 쪽으로 편중되어 있다고. 이 에로 동인 작가님아.

"그럼 너희도 문장과 그림을 메일로 보내면 되잖아. 그런데 왜 일부러 이렇게 모이는 건데?"

"그, 그건…… 같은 학교인 데다, 집도 가까워서……."

"나는 한 핏줄이거든?"

"으~! ……카, 카스미가오카 우타하~."

"……내 입으로 경고하기는 했지만, 진짜로 당신이 울면서 도움을 청할 줄은 몰랐어. 사와무라 양."

어찌 된 영문인지 엄청난 대미지를 입은 듯한 진구…… 에리리가 울먹거리면서 물러서자, 마치 바통터치를 하듯 이번에는 도라에…… 우타하 선배가 미치루 앞에 섰다.

아니, 좀 전까지만 해도 말다툼을 벌여대던 저 두 사람이 언제 이렇게 완벽한 태그팀을 구축한 거지?

"효도 양. 당신의 그 열의에는 감복했고, 자신의 뜻을 꺾어가면서까지 우리를 도와주고 있는 점에 대해서는 진심으로 고맙게 생각하고 있어."

"딱히 너희를 위해 그러는 건 아니야~."

"그리고 진심으로 고맙게 생각하기 때문에, 더 무리하게 하고 싶지는 않아. ……그러니 연주가 끝나자마자 바로 돌아가 줘."

우와, 초저온은 정지된 세계다…….

"……그건 내가 제멋대로 해도 되는 거 아냐?"

"제멋대로…… 사전을 뒤져보니, 『아무렇게나 마구, 또는 제가 하고 싶은 대로』라고 되어 있네."

"하고 싶은 말이 뭐야?"

"잘 들어, 효도 양. 서클 활동이라는 건 단체 활동이 원칙이야."

"그건 나도 알아. 이래 봬도 밴드를 하고 있단 말이야."

"그래. 당신은 밴드에 보컬로 참가하고 있어……. 그건 다른 사람이 대신할 수 없는, 그리고 얼마든지 제멋대로 굴 수 있는 간판 포지션이지."

"……쓸데없는 소리 그만하고 본론에 좀 들어가지그래? 선배."

"그럼 단도직입적으로 말할게. 당신은 팀에 소속되어 있어……. 하지만 지금까지 자신을 억누르면서까지 팀을 우선시한 적은 없지?"

"뭐……?!"

에리리의 두서없는 정서적 감정론과는 차원이 다른, 우타하 선배의 논리적 감정론에 미치루는 완벽하게 밀리고 있었다.

뭐, 양쪽 다 감정론이라는 사실에는 변함이 없지만, 그 말을 해서는 안 될 것이다.

하지만 이 궤변…… 아니, 논파로 자신의 발판을 다진 우타하 선배는 상대를 그대로 단숨에 밀어붙이고—.

"개인적 사정 때문에 마감을 마구 늦춰대면서 편집자를 마구 휘둘러대는 제멋대로 작가가 그딴 소리를 하는구나."

"패배자 일러스트레이터 주제에 자기가 도움을 청한 사람 등에 비수를 꽂지 마, 사와무라 양."

—싫었지만 등 뒤에서 자신을 덮치려 하는 불길에 우선적으로 대처할 수밖에 없었다.

아아, 이 두 사람은 정말 좋은 태그팀이야……. 시합 중에 내부 분열을 하는 점까지 포함해서 말이야.

"……어이, 카토."

"응? 아키 군, 왜 그래?"

시청각실 중앙에서 뜨거우면서도 차가운 말싸움이 벌어지고 있는 가운데.

그녀들에게 들키지 않도록 살금살금 창가로 피난한 나는

좀 전부터 느긋하게 불구경…… 아니, 불구경 대신 스마트폰이나 만지작거리고 있는 또 한 명의 서클 멤버에게 말을 걸었다.

"항상 스마트폰으로 뭘 그렇게 열심히 하고 있는 거야? 요즘 엄청 화제가 되고 있다고. 내 안에서 말이야."

"아, 지금은 퍼O앤드래곤 하고 있어. 봐."

"우와, 의외성이라고는 눈곱만큼도 없을 뿐만 아니라 신선미도 떨어지는 것 같은 대답을 해줘서 정말 고마워."

그곳에는 이 시청각실에 1등으로 왔으면서도 지금까지 마치 사전에 짜기라도 한 것처럼 다른 사람들에게 간섭하지 않고 있는 포니테일 소녀가 있었다.

왕따를 당하는 것도 아닌데 자연스럽게 무시당하는, 『나는 생각한다. 고로 나는 존재한다.』는 명제에 따른다면 아무 생각도 하지 않는 것이 아닐까 하는 의혹마저 드는 동급생 B.

우리 『blessing software』의 마루 밑…… 아니, 메인 히로인이자 견습 스크립터인 "포니테일은 돌아보지 않는다." 카토 메구미.

"나도 일단은 오타쿠 서클의 일원이잖아. 조금은 이런 걸 접해볼까 해서 말이야."

"저기, 틈새시장에 속하는 미소녀 게임 서클 입장에서 볼 때, 그런 누구나 다 하는 메이저 작품은 좀 미묘하다고나 할까……."

항상 절묘하게 과녁에서 벗어나는 이 어리바리한 대화.

표정과 감동이 미약한 리액션에 때때로 섞이는 미약한 독소가 어중간하게 효과를 보이면서 자아내는 이 미묘함은 말로 표현할 수가 없을 만큼 기묘했다.

"뭐, 아무튼 시나리오가 완성되어서 다행이야."

"이제부터는 우리 차례라는 건 알고 있지? 남은 한 달이 분수령이야."

"겨울 코믹마켓 전에 완성할 수 있으면 좋겠어."

"반드시 완성하겠어……. 무슨 수를 써서라도 말이야."

하지만 이 불감증…… 아니, 이 불간섭(不干涉)이 기분 좋게 느껴질 때도 있었다.

편안하면서도 사무적으로 서클에 관한 이야기를 할 수 있다는 안정감, 그리고 결코 다른 멤버를 견제하거나 매도하거나 욕하지 않는다는 안도감 덕분일지도 모른다.

"그건 그렇고 머리카락이 꽤 길었네."

"응? 머리카락?"

하지만 이 안정감에 안주할 수는 없다.

왜냐하면 내가 서클을 만들 때 세웠던 목표는, 카토를 『가슴이 옥죄어 들게 하는 메인 히로인』으로 만드는 것이었기 때문이다.

지금처럼 『뒤돌아보면 카토^{그녀}가 있다.』 같은 안심, 안전, 안

정적인 잡담 친구 히로인으로 키울 생각은 눈곱만큼도 없었다.

"쇼트 포니테일이라는 속성도 버린 건가……. 캐릭터성이 더 약해졌구나, 카토."

"으음, 평범한 포니테일도, 저기, 뭐라더라? 모에 코드? 라는 거 아니었어?"

"본인에게 그걸 살리려는 생각이 있다면 그렇겠지……."

그래서 이번 게임의 히로인…… 카토를 모델로 조형(造型)한 카노 메구리는 반드시 가슴이 옥죄어 들게 하는 히로인으로 만들고 말겠다고 나는 다시 한 번 결의했다.

"그리고 캐릭터성이 정착되기 전에 계속 헤어스타일을 바꾸면 모에하고 싶어도 할 수가 없다고."

"으음, 아키 군이 나랑 대화할 때 말을 가리지 않는 건 그렇다 쳐도, 내 머리카락을 장난감 취급하지는 않는 게 좋을 것 같은데?"

"머리카락으로 꼬리를 만든 사람 잘못이야. 인간이라는 건 말이야. 기다란 줄 같은 게 보이면 잡아당기고 싶어지게 되어 있다고."

"그런 개인의 습성을 인류의 본능이라는 듯이 말하지 마."

"그리고 이렇게 잡아당기기 딱 좋을 만큼만 기른 게 문제야. 쇼트 포니테일이었다면 참았을 텐데~. 에잇."

"아~아."

그렇다. 카토의 머리카락은 적당한 수준의 가늘고 긴 다발을 이루고 있었다.

잡기 쉽고, 당기기 쉬우며, 빗겨주기 쉽기 때문에, 무심코 만지작거리게 되곤 했다.

"카토, 그거 알아? 머리카락을 가장 안쪽에서부터 손톱 사이에 끼워서 잡아당기면 곱슬컬이 돼."

"……그것보다 아키 군. 좀 전에 했던 이야기를 또 하는 것 같아서 미안한데 말이야."

"왜 그래?"

"다들 이쪽을 쳐다보고 있어."

"……어?"

그렇다. 나는 눈치채지 못했다.

"……여자애의 머리카락을 자기 것처럼 다루는 건 어때?"

"……저게 과연 자칭 중증 오타쿠가 할 짓일까?"

"……리얼충 커플도 저런 짓은 부끄러워서 안 할 거야."

"…………어?"

좀 전까지 시끌벅적했던 시청각실 안이 어느새 정적에 휩싸여 있다는 사실을…….

"아무리 그래도 편한 사이라는 레벨을 일탈한 것 같은 느낌이 드는데 말이야."

"윤리를 버린 윤리 군에게 존재 의의가 있기는 할까?"

"왠지 짜증 나. 엄청 짜증 나. 이래서 남녀 공학은……."

"자, 잠깐만! 이건 말이야!"

내가 동그란 물건을 본 개처럼 조건 반사적으로 취한 행동을 리얼충 남자의 추악한 욕망으로 오해한 그녀들은 규탄하는 듯한 시선으로 나를 쳐다보고 있었다.

그래. 누명 사건이라는 건 이렇게 만들어지는 거구나…….

내가 그런 생각을 하면서 두려움에 떤 순간…….

"아~. 좋아. 이번에는 내가 어떻게든 해줄게, 아키 군."

"카, 카토……?"

바로 그때, 나와 마찬가지로 이 사건의 당사자인 카토가 나에게 도움의 손길을 내밀었다.

우리를 둘러싼 세 소녀 앞에 선 카토는 평소처럼 멍한 시선으로 그녀들을 둘러보며 엄숙한 목소리로…….

"으음, 분명 이럴 때는 볼을 붉히면서 "노, 농담하지 마! 이딴 녀석이랑 나를 엮지 말라구!"라고 말하면서 아키 군에게 폭력을 휘두르면 되지?"

"아~ 사와무라 양이라면 그럴 거야."

"응응. 금발 혼혈 패배자의 대사야."

"왜 내 이름이 튀어나오는 건데?!"

잘은 모르겠지만, 깔끔하게 이 상황을 마무리 지었다.

제1장

처음부터 클라이맥스라고 해도, 나중에 가면 더 심각한
상황이 벌어지는 법이지

"……."

"……."

플로어 전체에 책장이 놓여 있는 광대한 공간에는 약간
의 웅성거림과 종이 넘기는 소리만이 조용히 울려 퍼지고
있었다.

"……."

"……."

책장의 압도적인 숫자, 하나하나의 크기, 높이, 위압감.

그리고 그 안에 가득 채워져 있는 것은 라이트노벨이나
만화와는 달리 수수하면서도 중후한 책등을 지닌 책들.

"……."

"……으음, 우타하 선배."

"왜? 윤리 군. 독서 중에는 가능한 한 말을 걸지 말아줬
으면 좋겠는데."

"그 점에 대해서는 미안하게 생각하지만……."

나는 이런 잡담도 허용하지 않는 장엄한 분위기에 압도당하면서도, 눈앞에 있는 의자에 앉아 독서에 몰두하고 있는 우타하 선배 책벌레에게 거의 한 시간 만에 말을 걸었다.

"그런데 선배는 언제까지 여기 있을 생각인 거예요?"

"글쎄. 이 『시바 료타로 전집』 전 68권을 다 읽을 때까지?"

"……농담이죠?"

"그럼 여러 발 양보해서, 첫 번째 이야기를 다 읽을 때까지?"

"그런 아슬아슬하게 실현 가능할 것 같은 불길한 농담 좀 하지 마요!"

우타하 선배의 미묘하게 무시무시한 발언을 듣고 등골이 오싹해진 나는 무심코 주위 사람들에게 폐가 될 만큼 큰 목소리로 고함을 질렀다.

"그래. 열심히 노력하면 가능할 것도 같아. 이 서점은 오후 열한 시까지 영업하니까 말이야."

"맞아요. 여기는 서점이에요. 책을 공짜로 읽는 곳이 아니라 책을 파는 가게라고요."

……왜냐하면 정의는 나와 함께하고 있다고 생각할 수 있는 상황이기 때문이다.

우타하 선배가 이곳 이케부쿠로 ○쿠도 서점 개점 시간에

처들어와서 3층 문예 코너에서 밀봉되어 있지 않은 책을 뽑아서 읽기 시작한 후로 벌써 두 시간이나 흘렀다.

나는 그 사이 책장에 꽂힌 책의 제목을 구경하러 다니거나, 다른 층으로 모험을 떠나거나, 서점 안에 있는 카페에서 아침 식사를 먹으며 열심히 시간을 낭비했다. 그러면서 그녀가 현실 세계에 귀환하기만을 기다렸다.

하지만 더는 무리다. 이렇게 완전히 방치당하는 데도 질렸다. 인내심이 완전히 바닥을 드러내고 만 것이다.

"하지만 윤리 군. "앉아서 읽어주세요."라고 말하듯 의자를 배치해둔 서점 측에도 잘못이 있지 않을까?"

정말 이런 대형 서점의 충실한 서비스에는 감복할 따름이다……. 이런 몬스터 소비자에게 침식당하고 있는데도 꿈쩍도 하지 않는 점을 포함해서 말이다.

"일단 여기서 나가죠. 좀 있으면 점심시간이잖아요."

"어쩔 수 없네. 그럼 다 못 읽은 이 책은 사 가야겠어."

"……처음부터 그래 줬으면 좋았을 거라는 불평은 안 할 게요."

아무튼 가을이 깊어가고 있는 어느 토요일.

나와 우타하 선배는 아침부터 이케부쿠로에서 만나 함께 이 거리 안을 돌아다니고 있었다. ……뭐, 가게 한 곳에서 오전을 다 날려버렸지만 말이다.

"자, 가자. 윤리 군."

"자, 잠깐만……. 가방 안 좀 정리할게요."

"정말. 짐꾼 겸 지갑을 자처했으면서 가게 하나 돌아보고 항복하는 거야? 완전 거짓말쟁이네."

"그 가게에서 무지막지하게 무겁고 비싼 하드커버 책을 다섯 권이나 살 줄은 몰라서……."

"어쩔 수 없잖아. 한동안은 집필에 전념하느라 바빠서 책을 못 읽었단 말이야."

일전에 시나리오 완성을 축하하기 위해 "뭐 필요한 거 없어요?"라고 물어봤을 때 그녀가 요구한 것은 데…… 쇼핑이었다.

"뭐, 문학 전집 같은 걸 사주는 건 무리지만 점심 정도는 대접할게요. 오늘은『고교생이 할 수 있는 범위 안에서』최선을 다하겠어요!"

"그래.『고교생의 체력으로 할 수 있는 범위』안에서 나도 어리광을 부릴게."

"짐꾼으로 부리겠다는 의미죠?! 맞죠?!"

이 여류 작가님은 여전히 오해받기 쉬운 표현을 무지막지하게 좋아한다니깐…….

※　※　※

"많이 기다렸지? 으음…… 에리리."

"대체 뭐 하느라 이렇게 늦은 거야?! 메구미!"

"……30분 전에 느닷없이 "O쿠도 본점 앞으로 와. 이야기는 만나서 할게."라는 연락을 받은 잠옷 차림의 여자애치고는 최선을 다한 편이라고 생각하는데?"

"하지만 네가 5분 늦게 오는 바람에 그 두 사람이 나가버렸단 말이야!"

"그 두 사람이 대체 누구야?"

"듣고 놀라지나 마. 카스미가오카 우타하와……."

"아~. 알겠으니까 설명 안 해도 돼."

"……왠지 말에 가시가 돋친 것 같네. 나한테 무슨 불만이라도 있어?"

"기분 탓 아냐? 그것보다 두 사람은 어디로 간 거야?"

"몰라. 그러니까 그 두 사람을 찾는 게 우리 미션이야!"

"저기, 에리리. 혹시 엄청 귀찮은 일에 나를 엮으려는 건 아니지?"

※　※　※

점심 시간대의 이탈리안 레스토랑은 가족과 남자 일행, 여자 일행, 커플 등등, 아무튼 수많은 종류의 손님들로 넘쳐나고 있었다.

그런 『누구랑 가도 거북한 느낌이 들지 않을 뿐만 아니라 무난하기 그지없는 선택지의 최첨단!』이라고 자부하며 들어간 그 가게에서……

"잘 먹었어, 윤리 군."

"……별말씀을요."

"겸손해할 필요 없어. 나는 정말 만족했거든. 감자만으로도 충분히 배를 채웠어."

"따뜻한 위로를 해줘서 정말 고마워요, 선배. 덕분에 조금은 마음이 가벼워졌어요……. 우리가 간 곳이 피자 가게만 아니었다면……."

"의외네. 윤리 군도 체면을 꽤 신경 쓰는구나."

"이렇게 산산이 조각나지만 않았다면 신경 쓰지 않았을 겁니다요……!"

모 피자 뷔페에서 본전도 뽑지 못한 채 30분 만에 나온 우리는 다시 이케부쿠로의 길거리를 배회하고 있었다.

"어쩔 수 없잖아. 지금은 식욕이나 성욕보다 지식욕이 우선시되고 있단 말이야."

"은근슬쩍 의미심장한 욕구를 열거하지 말라고요."

선배는 딱히 내 가게 선택 센스에 질린 것도, 요리가 입에 맞지 않았던 것도 아니었다. 그저 지금은 식사 그 자체에 흥미가 없는 것 같았다.

선배는 손이 더러워진다는 이유로 내가 가지고 온 피자에는 눈길도 주지 않았다. 그리고 테이블 위에 방금 사 온 책을 펼치더니 시끌벅적한 실내에서 또다시 독서에 몰두하기 시작했다……

결국 그녀가 입에 댄 음식이라고는 젓가락으로 집어 먹은 감자튀김이 다였다. ……정말 한턱 쓸 마음이 들지 않게 하는 데는 선수인 사람이다.

"……선배, 그럼 다음에는 어디 갈까요?"

"글쎄. 춥지 않고 조용하고 앉을 수 있으며 차분하게 책을 읽을 수 있는 장소라면 어디라도 좋아."

"부탁입니다요. 저를 없는 사람 취급하지는 말아주시옵소서."

하지만 계속 이럴 수는 없었다.

현재 우타하 선배의 만족도는 꽤 높은 것 같으니 답례라는 목적은 충분히 달성한 것 같았다. 하지만, 그것이 내 노력에 의한 것이라기보다 시바 선생님의 필력 덕분이라는 점이 꽤나 미묘했다.

"아, 그럼 영화라도 볼까요?"

"영화……"

그런고로 나는 조금이라도 주도권을 되찾아오기 위해 눈앞에 있는 시네마 선○인 이케부쿠로를 손가락으로 가리켰다.

그곳에는 현재 상영 중인 영화의 포스터가 가득 붙어 있었다. 게다가 오타쿠 계열 작품만 추려도 선택지가 꽤 될 정도였다. 역시 시네마 선ㅇ인답다고 할 만큼 버라이어티가 풍부한 라인업이었다.

영화라면 우타하 선배의 지적 호기심을 만족시켜 줄 수 있을 뿐만 아니라 나도 다 즐길 수 있을 것이다. 현시점에서 최선의 선택이라는 생각이 들었다.

"그래. 괜찮을 것 같아."

그런 내 예측을 뒷받침하듯, 잠시 동안 일련의 포스터를 바라보고 있던 선배는 좀 전보다 훨씬 긍정적인 목소리로 동의해줬다.

"좋아, 결정! 그럼 뭘 볼까? 일단 내 추천작을 말하자면, 지난주부터 상영을 시작한……."

"모처럼 보러 왔으니까 원작자가 아비규환에 빠질 만큼 실망스러운 실사화 영화가 보고 싶어. 그런 쪽으로 적당한 작품 없을까?"

"그런 악취미한 선택 좀 하지 마요."

대체 이 사람은 어떤 지식욕을 만족시킬 생각인 걸까…….

※　※　※

"…………."

"……안 보이네."

"이상하네. 분명 반경 200미터 안에 있을 텐데!"

"……그 범위 안에 있는 사람만 해도 수만 명 단위는 될 것 같은데?"

"하지만 토모야라면 금방 찾아낼 수 있어……."

"으음, 어째서?"

"그건…… 이, 인상적이랄까, 오타쿠 아우라가 무지막지하게 강하기 때문이랄까……."

"그중에서 가장 인상적이고 가장 눈에 잘 띄는 사람은 에리리라고 생각해."

"……그딴 건 신경 쓰지 마."

"참, 깜빡하고 안 물어봤는데 사전 정보도 없이 어떻게 그 두 사람을 찾은 거야? 그것도 이케부쿠로에서 말이야."

"우, 우연히 찾았을 뿐이야."

2권에서
"흐음, 우연…… 그러고 보니 예전에, 로쿠텐바 몰에서 우연히 나와 만난 적 있었지?"

"……너처럼 감이 좋은 여자애는 정말 싫어."

"어?"

"뭐, 뭐야?! 거, 거짓말 아니야! 진짜로 우연히……."

"저기, 저쪽에 있는 사람, 아키 군과 카스미가오카 선배 아냐?"

"응? 어디 말이야……?"

"저기 영화관 입장 줄에 서 있는 두 명 말이야. 뒤에서부터 세서 열 명째 위치야."

"저, 정말이네……! 역시 메구미! 항상 멋진 역할을 독차지하고, 마음 없는 척하면서 적을 방심시키는 애답다니깐."

"으음, 내가 실은 능구렁이 캐릭터라는 생각 좀 버려주면 안 될까?"

※ ※ ※

"묘사와 연출은 볼 만했지만 이야기 전체에서 군더더기가 너무 많았어."

"그래요? 그래도 신 캐릭터는 엄청 귀여웠잖아요."

"그건 캐릭터 디자인의 승리야. 설정 면에서 본다면 작품 안에서 밝혀지지 않은 부분을 이야기해주는 단순한 무대장치에 지나지 않아. 그녀야말로 명작이었던 TV판을 망친 주범이지."

"그래도 마지막 장면은 감동적이었어요."

"그건 연출의 승리야. 각본 자체는 진부하지만 화면 효과와 음악으로『잘은 모르겠지만 엄청나다.』같은 느낌을 자아낸 거지."

"그렇다면, 각본이 나빴다기보다 캐릭터와 연출이 좋았다고 솔직하게 칭찬하는 편이 팬으로서는 행복하지 않을까요?"

"그런 맹목적인 신자가 언젠가 제작자를 타락시키는 거

야."

"하지만 나는 소비형 돼지라고요."

"내 시나리오를 작품화하려는 디렉터가 그런 무책임한 말을 하지는 말아줬으면 좋겠는데 말이야."

"으……."

영화를 보고 나니 오후 네 시가 지나버렸다.

휴일 오후라 그런지 이케부쿠로의 카페는 전부 사람들로 터져 나가고 있었다. 겨우겨우 츠바키O 커피점에서 빈자리를 찾은 우리는 테이블을 사이에 두고 앉아 방금 본 영화에 대한 감상을 이야기했다.

참고로 우리가 본 영화는 『그 눈의 프리즘 극장판』이었다.

위험한 취향을 지닌 우타하 선배는 실망스러운 완성도의 실사화 영화를 보자고 계속 유혹했지만, 그 유혹에 끝까지 저항한 나는 결국 내가 가장 보고 싶은 작품을 보는 데 성공했다.

……그 결과, 이렇게 몸을 움츠린 채 혹평과 설교를 듣게 됐지만 말이다.

"잘 들어, 윤리 군. 너도 좋은 건 좋다, 나쁜 건 나쁘다고 말할 수 있는 눈과 용기를 갖추도록 해."

"눈은 그렇다 쳐도…… 용기요?"

"그래. 예를 들어 내 작품이 나쁘다고 생각되면 주저 없이 깎아내릴 수 있는 용기를 갖추라는 거야."

"……그런 짓 해도 화 안 낼 거예요?"

"당연히 안 내지. 진심으로 내 작품과 마주해주는 유저의 의견만큼 감사한 건 없잖아."

"그, 그런가요……."

"뭐, 왕창 삐치기는 하겠지만 말이야. 한 달은 윤리 군과 말 안 할 자신 있어. 그리고 그게 말도 안 되는 헛소리라면 평생 말 안 할 거야."

"그, 그런 무시무시한 도박은 하고 싶지 않거든요?!"

뭐, 그래도 이제 겨우 데…… 쇼핑다워졌다.

그것도 그럴 것이 좀 전까지는 대화도 거의 나누지 않았던 것이다. 그야말로『같이 있으면서도 스마트폰이나 만지작거리며 대화를 나누지 않는 최근 젊은이들』같은 말을 들으며 매스컴에게 매도당할 듯한 상황이었다.

"자, 저쪽도 좀 진정한 것 같으니까 슬슬 일어나자."

내가 이 좋은 분위기를 곱씹고 있을 때였다.

우타하 선배가 반성회는 이것으로 끝이라는 듯이 전표를 들고 자리에서 일어났다.

"아, 계산은 내가……."

"허세 부리지 마. 이 가게는 플랜에 포함되어 있지 않잖아?"

"……면목 없습니다요."

아무래도 선배는 메뉴에 적힌 가격을 보고 딱딱하게 군

어버리는 내 모습을 본 것 같았다.

그녀의 말대로 이 시간에는 크○에나 스○벅○, 도○루 같은 비교적 저렴한 커피 체인점에 갈 생각이었다.

그것보다 커피 한 잔에 천 엔이나 하는 게 말이 돼? …… 좀 전에 먹은 점심 가격이랑 별 차이 없잖아.

"뭐, 이 비용만큼 윤리 군이 더 힘써주면 돼."

그래도 우타하 선배는 아직 오늘이라는 날에 종지부를 찍을 생각이 없는 것 같았다.

책에 몰두해 있을 때와 마찬가지로, 딱히 심심해 보이지 않는 표정으로 나와 계속 대화를 나누고 있었다.

나는 그런 우타하 선배의 온화한 태도를 보며 안도하면서도, 좀 전에 선배가 한 말 중 약간 걸리는 부분이 있다는 사실을 눈치챘다.

『저쪽도 좀 진정한 것 같으니까.』

저쪽이 대체 어디지?

※　※　※

"흐, 으윽, 흐흑……."

"이제 좀 진정됐어?"

"으, 응……. 한심한 꼴 보여서 미안해, 메구미."

"괜찮아……. 에리리는 감수성이 풍부하구나."

"하지만, 하지만…… 설마 마리코 엔드일 줄은…… 흑!"

"아~. 그 라스트는 그렇게 해석할 수도 있겠네."

"코, 코헤이가 우이를 잊고 긍정적으로 사는 길을 선택했 잖아? 그렇다면 그의 곁에는 어릴 적부터 계속 그를 바라 본 마리코밖에 없다구!"

"……그런 거야?"

"그렇다구! 다행이야……. TV판 최종회 보고 때려치우지 않아서 정말 다행이야……!"

"그것보다 저 두 사람, 슬슬 나가려는 것 같은데?"

"그것보다 지금은 『그 눈』 이야기나 더 하자! 아직 할 이야 기가 잔뜩 있단 말이야!"

"아~ 그래그래. 소꿉친구 엔드라 정말 잘됐네."

※　※　※

"그럼 오늘은 수고 많았어."

"수고하셨습니다~. ……휴우우우우~."

"윤리 군도 진짜로 지친 것 같네."

"……마지막 오타쿠 숍 순례가 결정타였어요."

현재 시각은 오후 일곱 시.

장소는 선○인 ○티의 에스닉 레스토랑.

물론 스카이라운지 쪽은 내 주머니 사정상 무리이기 때문에 쇼핑가 쪽에 있는 합리적인 가격의 가게다.

아무튼 적당히 서민적인 가게 안에서 우리는 오늘의 데…… 쇼핑의 뒤풀이를 하고 있었다.

"오늘 하루 동안 문예뿐만 아니라 오타쿠 쪽도 제패할 줄은 몰랐어……."

"내가 말했잖아. 지금의 나는 지식욕 덩어리라고 말이야. 그림이든 문장이든 재미있어 보이는 작품이라면 뭐든 흡수해야만 분이 풀리는 상태야."

카페에서 나온 후에도 우타하 선배의 쇼핑 욕구는 사그라질 줄을 몰랐다.

토○노아나와 애니○이트와 게○머즈, 이케부쿠로에 존재하는 오타쿠 숍에 가서 남성용, 여성용, 동인, 상업 코너 가리지 않고 돌아보았다. 그리고 눈에 들어온 신간(그것도 세상과 단절되어 산 몇 개월 동안에 나온)을 사더니 그 모든 짐을 나에게 들게 한 것이다.

뭐, 처음부터 이러기로 약속하기는 했지만, 그래도 코믹마켓 귀환 때에 버금갈 정도의 중량이 내 양손을 압박하고 있다는 사실은 정말 장난이 아니었다.

"이렇게 많으면 아○존을 좀 이용하라고요."

"나는 사와무라 양과는 다르게 그런 온라인 판매 사이트가 체질적으로 안 맞는 것 같아. 직접 손에 들고 확인해보지 않으면 살 마음이 들지 않는다고나 할까…… 좀 궁상맞지?"

"하하……."

뭐, 고교생이면서 수십만 권 단위로 자기 책을 팔고 있는 작가치고는 좀 서민적이기는 했다.

어쩌면 비교 대상이 개인, 그리고 가정적으로도 거품이 무지막지하게 많이 낀 걸 수도 있지만 말이다.

"아무튼, 오늘뿐만 아니라, 시나리오 완성하느라 수고하셨습니다, 우타하 선배."

"나야말로 예상보다 더 시간이 걸려서 미안해."

"선배가 그런 소리 하니 좀 신기하지만, 그래도 그런 말은 내가 아니라 마치다 씨에게 하는 게 어때요?"

그것도 그럴 것이, 취미 활동에 가까운 동인 작품과 달리 상업 작품이 늦어지면 그 작품으로 장사 하는 기업에 상상조차 하기 싫을 정도의 영향을 끼치기 때문이다.

후시카와 서점 편집부의 카스미 우타코 담당인 마치다 씨는 그 시원시원한 미소를 유지하기 위해 얼마나 많은 영양 드링크와 위장약과 컵라면을 소비했을까…….

뭐, 그쪽도 작가의 원고가 늦어질 거라고 미리부터 예상하고 어느 정도 여유를 가지면서 작가에게 압박을 가하니 피장파장이지만 말이다!

"하지만 내 작업이 늦어진 탓에 앞으로 지옥을 보게 될 거잖아. 주로 스크립트 담당인 윤리 군이 말이야."

"바, 바라는 바라고요!"

그렇다. 확실히 우타하 선배의 시나리오 작업은 늦어졌다.

지난달 중순에 진척 상황을 물어봤을 때 "남은 건 에필로그뿐."이라고 말했는데, 시나리오가 완성되는 데 2주 이상 걸린 것이다.

대체 에필로그가 얼마나 긴 거야, 라고 생각하며 최종적으로 제출된 시나리오를 확인해보니, 추가 분량은 텍스트를 포함해 4킬로바이트…… 원고용지로 치면 열 장도 채 되지 않았다.

……뭐, 크리에이터의 작업 분량을 시간으로 계산하는 것은 의미 없는 짓이다. 업계 전체를 둘러봐도 그것을 뒷받침하는 예는 너무나도 많았다. 구체적인 예는 들지 않겠지만 말이다.

"아무튼 이걸로 내가 맡은 일은 끝났네."

"예. 지금까지 정말……."

"앞으로는 서클에 얼굴을 내밀지 못할지도 몰라. 소설 작업도 해야 하거든."

"……그, 그런가요."

그 말을 들은 순간 자신의 목소리 톤이 노골적일 만큼 급격하게 떨어지자 좀 웃기다는 생각이 들었다.

"게다가 슬슬 진로에 대해서도 생각해야 할 것 같아. 다른 사람들에 비해 좀 늦었지만 말이야."

"…………그렇군요."

게다가 극도로 어두워진 자신의 얼굴이 상상된 나는 어이가 없어졌다.

"뭐, 지금까지 해온 게 있으니까 추천 입학을 노려볼 생각이야."

"그, 그래요! 우타하 선배의 성적이라면 오라는 데가 차고 넘칠 거예요."

그리고 이 상황에서 텐션을 억지로 끌어올리려 하는 속물적인 나 자신 때문에 자기혐오를 느꼈다.

"지금 도메이 대학교의 추천 입학 자리가 남아 있대. 아마 거기라면 문제없을 거라는 말을 진로 지도 때 들었어."

"도, 도메이 대학교면…… 간사이에 있는 학교잖아요."

하지만 선배의 그 한마디를 듣고 찬물을 뒤집어쓴 듯한 기분을 맛봤─.

"그리고 다른 한 곳은 소오 대학교. 이쪽은 가까워서 집에서 다닐 수 있어. 정말 고민되네."

"윽……."

……이, 이제 의심할 여지가 없었다.

"……어? 윤리 군, 왜 그래? 이제 곧 겨울인데 왜 그렇게 땀을 흘리는 거야?"

나는 지금 놀림당하고 있는 게 분명했다.

"저기, 윤리 군은…… 어느 쪽이 좋을 것 같아?"

"그, 그게…… 으음……."

"문학부의 랭크만으로 본다면 도메이 쪽이 위야."

"그, 그렇군요."

"하지만 부모 곁을 떠나서 혼자 사는 건 좀 귀찮을 것 같아."

"그, 그래요?"

"그렇지만 자유로운 생활이라는 것에 흥미가 없는 것도 아니거든."

"윽……."

좀 전부터 내 얼굴은 파랗게 질렸다가 빨갛게 달아오르기를 반복했다. 그리고 숨을 삼키는가 싶으면 한숨을 내쉬었고, 고개를 숙였다가 들기를 반복하고 있었다. 그렇게 감정이 극단적으로 변하고 있는 나를 우타하 선배는 턱을 괸채 올려다보고 있었다.

"응? 왜 그렇게 당황한 거야?"

그것도 즐거워 보이는 표정으로 말이다!

※　※　※

"저기, 이건 어때? 에리리에게 잘 어울릴 것 같아."

"……저기."

"아니, 에리리는 소재가 좋으니까 웬만한 건 다 잘 어울릴 거야."

"그러니까……."

"정말, 피부는 새하얗고, 머리카락도 엄청 반짝거리는 데다, 날씬하기까지 해서, 코디해줄 맛이 나네……. 아, 이 블라우스도 입어보지 않을래?"

"자, 잠깐만 기다려!"

"아, 지금 입은 게 더 마음에 드는 거야?"

"그게 아니라…… 저기, 메구미."

"왜?"

"왜 우리는 파○코에 있는 거야?!"

"○이부로 갈 걸 그랬어?"

"그게 아니라, 우리 지금 이런 데서 뭘 하고 있는 거냔 말이야!"

"에리리의 평상복을 사러 온 거잖아? 항상 체육복만 입고 다니는 것도 좀 그러니까 말이야."

"그런 느긋한 소리를 하다가 그 녀석들을 놓쳐버리고 말았잖아!"

"두 사람을 놓친 건 에리리가 영화 이야기에 열중해서……."

"이제 와서 지나간 이야기를 해봤자 아무 소용없어. 아무튼 지금부터라도 찾으러 가자."

"오늘은 이쯤 하는 편이 좋지 않을까? 이런 스토킹이나 다름없는 짓을 해도 되는 것인가, 라는 근본적인 문제는 제쳐두더라도 말이야."

"무슨 소리를 하는 거야! 그 두 사람, 그대로 놔두면 무슨 짓을 할지 알 수 없단 말이야! 지금 우리 서클은 붕괴 위기에 직면해 있다구!"

"하지만 아무 일도 없는 것 같은데? 어디까지나 오늘은, 이라는 서두가 붙는 것 같지만 말이야."

"그걸 어떻게 아는 건데?!"

"방금 카스미가오카 선배에게서 메일이 왔는데, 그 메일에 내가 방금 말한 내용이 적혀 있었어."

"…………뭐?"

※　※　※

"저, 저기. 우타하 선배……."

"응?"

현재 시각은 오후 일곱 시 반.

완전히 패닉 상태에 빠진 내가 마음을 진정시키는 사이 약간의 시간이 흘렀다.

"지금부터 내가 하는 말은 어디까지나 참고적인 의견으로

만 삼아줬으면 좋겠어요……."

"좋아. 참고하기만 할게. 물론 단순한 참고니까 최종적인 결정은 내가 내릴 거야."

턱을 괸 채 나를 올려다보는 우타하 선배를 겨우 쳐다볼 수 있을 만큼 숨을 가다듬은 나는 머릿속을 회전시키면서 천천히 입을 열려 했다.

……아무리 참고다, 개인적 의견이다, 라고 운을 떼어두기는 했지만 지금부터 내가 할 말이 한 사람의 장래에 영향을 끼칠 수 있는 중요한 말이라는 사실에는 변함이 없었다.

게다가 그 사람은 자신과 가까운, 그리고 자신이 소중히 여기는 사람이었다.

솔직히 말하자면, 머릿속으로 하염없이 변명을 늘어놓을 만큼 부담되었다! 하지만……!

"내 생각에는…… 소오 대가 좋을 것 같아요."

"흐음."

그 순간, 우타하 선배는 말투와 표정을 바꾸지 않았다.

"아니, 어디까지나 내 개인의 의견이고 다른 사람의 의견도 참고하는 편이 좋겠지만, 아니, 나 같은 꼬맹이보다는 어른의 의견에 귀를 기울이는 편이……."

"왜 소오 대가 좋다고 생각하는 거야?"

"……그렇게 되면 선배가 대학생이 된 후에도 함께 게임을 만들 수 있을지도 모르잖아요."

여전히 우타하 선배는 표정을 바꾸지 않았다.

"대학생은 기본적으로 시간이 남아돈다고 들었어요. 게다가 문과, 그것도 문학부가 평소에 뭘 하는지 나는 잘 몰라요."

그저 이번에는 아무 말도 하지 않았다.

"게다가 선배는 이미 직업이 있어서 취직 활동을 할 필요도 없으니까, 4년 동안 소설 쓰면서 남는 시간에는 놀기만 하면 되잖아요."

그저 내 얼굴을 바라보면서 내 말에 귀를 기울이고 있을 뿐이었다.

"……뭐, 선배가 두 번 다시는 나랑 같이 게임을 만들기 싫다면 무리겠지만요."

그것은 선배가 내 마음을 꿰뚫어 보고 있기 때문이다.

"그렇다면 지금 만드는 게임이 선배와 함께 만드는 마지막 게임일지도 모르지만, 결과적으로 그렇게 될지도 모르지만……."

그래서 나는 거짓이 섞이지 않은 솔직한 말을 건넸다.

신자로서, 후배로서, 서클 동료로서, 크리에이터로서…….

"그래도 내 손으로 그 가능성을 없애는 건, 싫어요."

그런 여러 위치에서의 감정이 소용돌이치는 가운데, 그저 단 하나, 틀림없는 사실이라고 가슴을 펴고 말할 수 있는 말을 고했다.

우타하 선배는 내 말이 끝난 후에도 턱을 괸 채 내 눈동자를 지그시 바라보았다.

그리고 드디어 움직이기 시작한 그녀는 테이블에 자신의 두 팔과 얼굴을 얹더니 졸린 듯한 눈동자로 나를 올려다보면서…….

"……이 정도로 스트레이트하게 나를 꼬실 줄은 몰랐어."

"그렇게 해석했군요……."

내 말을, 여전히 골 때리는 뉘앙스로 해석해주셨다.

……뭐, 그런 말을 들어도 부정할 수 없는 내용과 말투였다는 것은 인정하지만 말이다.

"대의명분이 조금 거슬리기는 하지만, 그래도 잘한 편이네. 조금은 칭찬해줘도 될 것 같은데?"

"고마워요."

그리고 우타하 선배의 감상은 그것으로 끝이었다.

결국 내 "참고 의견"에 대한 그녀의 개인적 견해를 말해주지는 않았다.

뭐, 그건 사전에 각오했지만 말이다.

상대는 등장인물에게 의미심장한 대사를 연발하게 하는 걸 좋아하는 작가, 카스미 우타코다.

"그럼 상을 줄게. ……어쩌면 벌칙 게임일지도 모르지만 말이야."

그렇게 말한 우타하 선배는 호주머니에서 뭔가를 꺼내 테

이불 위에 올려놓았다.

"이게, 뭐야?"

그것은 심플한 디자인의…… USB 메모리였다.

"트루 루트 제2 개정 원고. 일전에 제출한 시나리오를 거의 전면적으로 개정했어."

"예……?!"

하지만 그 USB에는 꽤나 복잡할 뿐만 아니라 위장 작업이 철저하게 되어 있는…… 폭탄이 설치되어 있었다.

"이게 우리의…… 우리 게임이 지닌 또 하나의 가능성."

"서, 선배……?"

"윤리 군이 판단한 후 말해줬으면 해. 초기 원고와 제2 개정 원고. 어느 쪽이 더 재미있을 것 같은지, 어느 쪽이 더 반응이 좋을지, 어느 쪽이 더 팔릴 것 같은지를 말이야."

그리고 그것을 나에게 맡기는 우타하 선배의 얼굴 또한 꽤나 복잡할 뿐만 아니라 위장 작업이 철저하게 되어 있어서…… 표정을 읽을 수가 없었다.

"그리고 무엇보다, 토모야 군은 어느 쪽이 더 좋은지를."

제2장

작가가 생각도 못 한 이야기의 공백 부분에 대해
논쟁이 벌어지기라도 하면 떨떠름하다니깐

"으음, 역시 초인종을 아무리 눌러도 대답이 없네. 이상한걸. 오늘 열 시에 아키 군의 집에 모이기로 한 거 맞지?"

"서, 설마 어젯밤에 집에 돌아오지 않은 걸까? 지금쯤 호텔에서 모닝커피를 마시고 있다든가?!"

"으음, 에리리. 상상력이 풍부한 건 작가에게 있어 큰 자산일지도 모르지만, 그 망상에 어울려줘야 하는 사람에게 있어서는 완전 민폐라구."

"아, 아무튼 토모야의 방에 가보자, 메구미."

"아무도 없는 집에 멋대로 들어가는 건 좀 그렇지 않아?"

"진짜로 없는 건지 확인해보려는 것뿐이야. 그리고 우리가 이대로 돌아갔을 때 곤란해지는 건 그 녀석이라구. 슬슬 시간이 촉박해지고 있으니까 말이야."

"그것도 그래. ……그럼 내가 열쇠를 꺼내 올게."

"자, 잠깐만, 메구미! 너, 어느새 열쇠를 숨겨두는 곳을 안 거야?! 호, 혹시 한밤중에 몇 번이나 아저씨, 아줌마의 눈을 피해……?"

"……내가 세 마디 전에 했던 말, 제대로 듣기는 한 거야?"

※　※　※

"으…… 흐윽, 흑, 으, 으, 흑흑……."

"…………."

"……으음."

가을이 깊어가기 시작한, 어느 일요일.

까놓고 말해 오늘은 어제^{제1장}의 다음 날이다.

"흑흑흑…… 흑, 흐, 우에에에엥…… 아, 너희들 왔구나."

"오열과 인사 중에서 하나만 해!"

"으음. 안녕, 아키 군. 아무래도 밤샘 한 것 같네."

에리리와 카토가 문을 열고 방 안으로 들어왔을 때, 밤샘과 오열 탓에 눈이 퉁퉁 부은 나는 컴퓨터 모니터에 달라붙어 있었다.

"으, 흑흑…… 시, 시간이 벌써 이렇게 됐구나……. 미안해. 초인종 소리를 못 들었어."

아무래도 어젯밤부터 텍스트의 바다에 빠져 있었던 탓에 청각과 시간 감각을 잃어버리고 만 것 같았다.

"그런데 토모야. 대체 뭐가 어떻게 된 거야?"

"미, 미안해⋯⋯. 너무 감동해서 말이야."

"뭐엇?! 서, 설마 이케부쿠로 프ㅇ스 호텔에서 보낸 어젯밤을 회상하고 있었던 건⋯⋯."

"에리리. 장소까지 지정했다간 나중에 부메랑이 날아올 거야."

"그런 거 아니라고. 아무튼 너희도 읽어봐. 이 혼이 담긴 시나리오를⋯⋯."

그리고 의아한 표정을 짓고 있는 두 사람에게, 나는 자신이 보고 있던 글자밖에 없는 무미건조한 화면을 손가락으로 가리켰다.

⋯⋯이케부쿠로 프ㅇ스니, 부메랑 같은 불온한 말은 전부 못 들은 척하면서 말이다.

※ ※ ※

"⋯⋯이게 대체 뭐야?"

"⋯⋯우와아."

그리고 30분 후.

내가 가리킨 텍스트 파일을 다 읽은 두 사람은 그걸 처음 읽었을 때의 나와 마찬가지로 입을 쩍 멀린 채 망연자실한 눈으로 나를 쳐다보았다.

"어때? 어때? 엄청나지? 이거야말로 비련의 전도사, 애절함 작렬 작가 카스미 우타코, 즉 우타하 선배가 혼신의 힘을 다해 쓴 회심의……."

"일전의 시나리오와 전개가 완전히 달라졌잖아!"

"그 점은 일단 제쳐두고, 이 퀄리티에 감동해달라고!"

"그래, 감동했을지도 몰라! 내가 이 작품의 원화 담당이 아니고, 이제 와서 늘어나거나 변경된 원화 숫자가 머릿속을 스치지 않았다면 말이야!"

내가 가리킨 텍스트 파일…… 즉, 우타하 선배가 어제 느닷없이 제출한 제2 개정 원고 시나리오를 다 읽은 에리리는 입고까지 한 달도 남지 않은 시점에서 자신의 작업량이 급증했다는 사실을 알고 머리를 감싸 쥐었다.

으음, 그런 주변 사정은 제쳐두고, 멍한 마음으로 이 신급 시나리오를 읽어줬으면 했는데…….

"재미있네……. 처음 것도 좋았지만, 이것도 정말 좋아."

"카토?"

하지만 그런 주변 사정에 어두운, 아니, 이제부터 무슨 일이 일어날지 이해하지 못한 "메인 히로인" 쪽은…….

"문자만인데도 그림과 목소리가 머릿속에 떠오르는 것 같아. 마지막 부분에서는 살짝 소름이 돋았어."

"그렇지? 그렇지? 카토도 그렇게 생각하지?! 역시 멍한 마음의 화신!"

"……그런 호칭을 듣고 기뻐하는 여자애는 이 세상에 존재하지 않을 것 같은데?"

뭐, 내 태도에 대해서는 의문 섞인 반응을 보이고 있지만, 우타하 선배의 시나리오에 대해서만큼은 내 의견에 완벽하게 동의해줬다.

그렇다. 우타하 선배의 수정 시나리오는 몇 번을 다시 읽어도 눈물이 날 정도로 정말 재미있었다.

"이거, 바뀐 건 거의 마지막 부분만이지? 그런데 전혀 다른 이야기를 읽은 것 같아."

"맞아……. 그 점도 정말 대단해!"

확실히 수정된 분량은 많지만, 수정한 부분은 최종장의 후반부와 에필로그에 집중되어 있어서 그렇게 광범위하지 않았다.

하지만 처음 시나리오와는 압도적인 "차이"를 느끼게 하는 그 테크닉에는 혀를 내두를 수밖에 없었다.

내가 이 제2 개정 원고를 보고 크게 감동한 것은, 스토리와는 미묘하게 떨어진 부분에서의, 약간 나쁜 표현이지만 『아귀 맞추기』의 테크닉에 감동했기 때문일지도 모른다.

그것도 그럴 것이 개변(改變)이 정말 절묘했다.

전개가 상당히 변했는데도, 초반부터 뿌려뒀던 복선이 초기 원고 때와 마찬가지로 전부 회수되었다.

게다가 똑같은 방식으로 회수된 것이 아니라, 절묘하게

해석을 바꿔가면서 회수된 것이다.

……으음, 나의 서투른 표현력으로는 완벽하게 설명할 수 없을지도 모르지만 한번 해보자면, 예를 들어 초반에 히로인이『괜찮아. 세이지라면 할 수 있어.』라고 말했다고 치자.

그리고 종반의 클라이맥스에서 같은 히로인이 같은 대사를 한다. 하지만 초기 원고에서는 주인공과 함께 살아남는 희망의 대사였던 것에 비해, 개정 원고에서는 주인공을 감싸고 소멸하는 자기희생의 대사로 바뀐 것이다.

그런 세계가 뒤집힌 것 같은 해석의 차이가 곳곳에 존재했다. '이거 그냥 처음에는 초기 원고에 따라서 내고, 제2 개정 원고는 디렉터즈컷 같은 말로 포장해서 팔면 되지 않을까?' 같은 생각이 들 정도로 재미와 완성도가 유지된 신급 개정이었다.

너무 엄청나서 마치 처음부터 양쪽으로 해석 가능하게 만든 것이 아닐까 하는 생각마저……. 에이, 그럴 리가 없어.

"하지만 토모야. 이걸로 가도 정말 괜찮겠어?"

"에리리……?"

하지만 신에 대한 신앙심이 승화한 탓에 얼굴이 완전 맛가버린…… 아니, 헤벌쭉거리고 있는 나에게, 에리리는 냉정함과 분함, 그리고 미안함이 조금씩 섞인 목소리로 말했다.

"메구미도 말했지만, 이렇게 되면 지금까지 만들어온 것과는 해석이 완전히 달라지잖아? 어쩌면 시나리오의 테마조차 뒤집혔을지도 몰라."

"……응."

"원화 쪽도 종반에 쓰이는 것만 고친다고 어떻게 될 것 같지는 않아. 어쩌면 초반부에서부터 쓰이는 스탠딩 CG의 표정까지 수정할 가능성도 있어."

"…………그래."

"게다가 트루 루트의 히로인마저 바뀌었다구."

"……………알아."

그렇다. 그녀의 말대로다.

즉, 신급으로 너무 개변되고 만 것이다.

"어? 그래? 내가 보기에는 메구리가 메인 히로인처럼 보이는데?"

"……응. 카토의 말대로야."

"그래. 메구미의 말이 옳아."

"응?"

이렇게 두 개의 해석을 낳을 수 있기에 신급 개변이라고 말한 것이다.

즉, 이것은 메인 히로인 루트와 트루 루트가 별개인 구조를 지녔다…….

캐릭터 중심으로 즐기는 사람에게는 메인 히로인인 메구리 시나리오가 이 게임의 메인으로 보이리라.

하지만 나나 에리리처럼 미소녀 게임을 접하며 감정이입

과 고찰을 수없이 해댄 사람에게는 또 한 명의 히로인인 루리 시나리오가 이 게임의 메인처럼 보이는 것이다.

"아아, 이 상실감, 이 애절함, 이 상쾌함…… 『사랑에 빠진 메트로놈』에서 느낀 카스미 우타코 테이스트가 이 시나리오에서 물씬 풍겨 나오고 있어."

"너, 역시 카스미 우타코의 팬이지? 맞지?"

"큰일 났네. 이걸로 갔다간 까딱 잘못하면 카스미 우타코의 게임이 되어버릴 거야……. 카시와기 에리의 색깔이 전부 사라질 거라구."

"대충할 수는 없게 됐네."

"처음부터 대충할 생각은 없었어."

평소의 나였다면 "카시와기 에리의 색깔이 너무 진해지면 성인물이 된다고!" 같은 딴죽을 날리겠지만, 지금은 그런 괜한 짓을 하지 않았다.

평소 같으면 깎아내리느라 여념이 없을 우타하 선배의 작품을 극찬할 만큼 진심인 에리리를 진심으로 대하지 않는 것은 용서받을 수 없는 짓이기 때문이다.

"그럼 오늘 작업을 시작하기 전에 결정하고 싶은데…… 그래도 되지?"

그리고 내가 진지한 목소리로 그렇게 말하자, 방 안에서 긴장이 흘렀다.

왕도를 올곧게 달리고 있으며 엔터테인먼트성이 강한 초기 원고.

비틀리기는 했지만 그만큼 깊고, 작품으로서 강한 색깔을 띠고 있는 제2 개정 원고.

둘 중 어느 쪽을 채택하든, 그것은 분명 엄청난 작품이 될 것이다.

그래도 우리는 선택해야만 한다.

그리고 선택을 하고 난 후에는 그 시나리오와 운명을 같이해야 한다.

그런고로, 지금 우리가 나아갈 방향성이 결정⋯⋯.

"될 리가 없잖아."

"뭐~."

⋯⋯되지 않았다.

"그런 무겁고, 어렵고, 칼로리 소비하는 일을 마감 직전인 원화가에게 시키려고 하다니, 너 프로듀서로서의 자각이 있기는 한 거야?"

"하, 하지만 다 함께 고민하고, 다 함께 결정한 후, 다 함께 위기를 뛰어넘는 게 우리 『blessing software』의─."

"아니, 이번만큼은 프로듀서와 디렉터가 결정해야만 해. 그리고 멤버들은 그 선택에 아무 말 없이 따라야만 한다구."

"프로듀서와 디렉터가⋯⋯."

즉, 나 혼자서 결정하라는 거야?

"거기에 한 명 더 추가해야 한다면, 시나리오를 쓴 본인⋯⋯이겠지만, 오늘은 보이지 않네."

"그게⋯⋯ 시나리오 작업도 끝났고, 소설 쪽 마감도 코앞까지 다가온 것 같아서 말이야."

"⋯⋯하루 종일 남자랑 노닥거릴 짬은 있으면서?"

"마치 자기 눈으로 똑똑히 보기라도 한 것처럼 그런 유언비어를 퍼뜨리지 말라고!"

유언비어 맞지? 본 거 아니지?!

"아무튼 카스미가오카 우타하가 이 자리에 없다는 건 이런 뜻이지? 일임할 테니까 책임져⋯⋯ "윤리 군"?"

"으⋯⋯."

에리리의 그 거절이 무책임에서 비롯된 것이 아니라는 사실은 알고 있다.

그뿐만 아니라 이 결단에 커다란 의미를, 책임을 느끼기 때문에, 자신의 의지로 한 발 물러섰다는 것도 알고 있다.

그러니 그 결단 자체는 존중받아 마땅하다고 생각하지만⋯⋯.

그 결과, 나는 완벽하게 퇴로를 차단당하고 말았다.

⋯⋯물론 서클의 방향성에 대해서거든?

그 외에 내가 선택해야 하는 건 없거든?

※　※　※

"저기, 아키 군. 용량 큰 파일 좀 다운로드해도 돼?"

"미풍양속에 어긋나지 않는 거라면 얼마든지 받아."

"괜찮아. 아키 군의 컴퓨터 즐겨찾기에 등록되어 있는 사이트의 파일이야."

"그런 소리 하니까 마치 남친의 행동을 항상 감시하고 있는 편집증 여친 같네?!"

카토와 에리리가 우리 집에 오고 몇 시간이 흘렀다.

점심 식사 후 느긋하게 시간을 보내고 있을 때, 카토의 릴렉스된…… 아니, 심심함이 묻어나는 목소리가 들렸다.

책상 쪽에서는 식후 휴식 타임을 일찌감치 끝내고 작업을 시작한 에리리가 태블릿과 씨름하고 있는 소리가 들렸다.

그리고 나는 카토의 긴장감이 느껴지지 않는 질문에 대답하면서도 손에 든 두 종류의 종이 다발을 번갈아 바라보았다.

그렇다. 그것은 우타하 선배가 준비한 결말이 다른 두 종류의 시나리오였다.

"으~음……."

"어라? 이건 어떻게 인스톨하면 돼?"

"압축을 푼 폴더 안에 『먼저 읽어주십시오.』 같은 이름의 텍스트 파일이 있지?"

"아, 진짜네. 고마워, 아키 군."

"으~음, 으~음……."

에리리에게 버림받…… 아니, 신뢰받은 덕분에 시나리오 결정권을 일임받은 나는 한 시간 넘게 이렇게 고뇌에 찬 신음만 흘려대고 있었다.

"좋아, 인스톨 완료. 자, 그럼 기동은……."

"보통 타이틀 명 뒤에 exe 확장자가 붙은 파일을 더블 클릭하면 돼."

"아, 타이틀 화면이 나왔어……. 역시 아키 군."

"으~음, 으~음, 으~음……."

게다가 이렇게 골머리를 싸맨 상태에서 카토의 중얼거림에 좀 전처럼 계속 반응한 탓인지, 사색도, 고찰도, 결단도, 끝날 기미를 전혀 보이지 않았다.

뭐, 그렇다고 해서 카토를 탓할 수는 없었다.

카토에게 여유를 준 사람은 바로 나이기 때문이다.

내가 방침을 결정하지 않으면 스크립트 작업을 진행할 수 없다. 그렇기에 카토에게 여유가 생긴다.

그리고 카토는 여유가 생기면 무료함을 달래기 위해 햄스터처럼 딴 짓을 하기 시작한다.

그만큼 내 딴죽은 늘어나고, 그 탓에 나는 생각에 집중할 수 없다.

"으~음, 으~음, 으~음, 으~음……."

"시끄러워, 토모야!"

"나보다 카토가 더 말이 많잖아……."

"평범한 말보다 의미 없는 잡음이 훨씬 신경 쓰인단 말이야."

"아, 동감이야. 텔레비전을 켜놓고는 아무렇지도 않게 자지만, 모기 날아다니는 소리가 거슬려서 잠을 못 자기도 하잖아."

"맞아맞아! 그리고 코고는 소리도 그래. 그런 건 아무리 소리가 작아도 엄청 신경 쓰인다니깐!"

"그러니까 입 좀 다물어."

"……예이."

그리고 결국 에리리까지 짜증 나게 만드는 악순환을 낳았다.

결국, 신음을 가능한 한 억누르기로 마음먹은 나는 세 번 정도 심호흡을 한 후, 다시 한 번 텍스트의 바다에 빠져들었다.

한밤중부터 해 뜰 때까지의, 초인종 소리조차 들리지 않던, 그 경지로 되돌아갔다.

……으~음, 으~음, 으~음, 으~음, 으~음.

그렇게 집중하면서 다시 살펴봐도 역시 신음만 날 만큼, 초기 원고와 개정 원고는 비등비등하게 뛰어났다.

초기 원고가 예비지식이었기 때문에 개정 원고의 쇼크가 크기는 했지만, 만약 읽는 순서가 반대였다면 정반대되는 감상을 말했을 것이다.

그 정도로 양쪽 다 끝내주게 재미있고, 우열을 가리기 어려우며, 서로에게 영향을 주고 있었다.

"아, 그런데 아키 군. 에리리가 평소와 좀 달라진 것 같지 않아?"

"뭐…… 메, 메구미?"

그럼 무엇을 기준으로 선택하면 될까?

어느 쪽이 더 모에하냐고 묻는다면 초기 원고라고 대답할 것이다.

어느 쪽이 더 눈물샘을 자극하느냐고 묻는다면 개정 원고라고 답할 것이다.

전체적인 밸런스는 역시 초기 원고가 낫다.

트루 루트의 임팩트는 개정 원고가 한수 위다.

"에리리는 이 방에 올 때 항상 체육복 차림이었잖아? 하지만 오늘은 약간 버전업했다고나 할까, 모델 체인지를 했다고나 할까……."

"아, 아, 안 돼애애애앳! 오늘은 그런 소리 안 하기로 약속했잖아!"

개정 원고를 읽고 나니 초기 원고의 스토리가 약간 얄팍하다는 느낌이 들었다.

확실히 재미있기는 하지만, 전개 면에서 의외성이 없고 누구나 다 좋아할 수 있도록 담백한 느낌이 들게 만든 것 같았다.

그리고 초기 원고를 읽은 후에 접한 개정 원고는 스토리가 깊고 진하며, 엄청나다고 생각하지만······.

냉정하게 생각해보니, 마니악해서 이해하기 힘들며, 원래 이 게임을 기획했을 때 세운『메인 히로인을 매력적으로 그린다.』는 기본 콘셉트에서 미묘하게 벗어났다.

그렇다. 개정 원고는 에리리가 말한 것처럼『노골적인 카스미 우타코』의 작품이었다······.

"하지만 어제 그렇게 열심히 골랐으니까, 감상 정도는 듣고 싶지 않아?"

"2차원 중증 오타쿠에게 옷 감상 들어봤자 서로 불행해질 수밖에 없어! 그리고 메구미가 평범한 원피스를 골라주는 바람에 캐릭터성이 살지 않았단 말이야."

"······부탁받고 옷 골라줬을 뿐인데 그런 소리를 들은 데다, 결국 에리리가 캐릭터성을 가장 중요시해서 그런지 이중으로 미묘한 기분이 드네."

확실히 나는 카스미 우타코의 대(大) 팬이다.『사랑에 빠진 메트로놈』의 초(超) 팬이기도 하다······.

하지만 내 게임이 갈구하는 것은 이런 노골적인 카스미 우타코인 걸까?

"아키 군?"

"……."

다시 한 번 당시의 내 마음을 떠올려보자.

그때 내가 원했던 것은 그다지 모에하지 않은 카토……
아니, 특징이 적어 보이는 히로인과.

아름답고 귀여우며, 약간 에로하면서도 격렬하게 모에한
카시와기 에리의 캐릭터와.

그렇게 귀여운 캐릭터가 조금은 심한 꼴을 당하게 하면서
도, 귀엽고, 사랑스러우며, 눈앞에 있으면 끌어안아 줄 수
밖에 없을 정도의 혼을 캐릭터에게 불어넣는 카스미 우타
코의 텍스트.

이런 내 이상(理想)을, 모에를, 사랑스러움을, 눈물을, 미
소를, 모두의 힘을 합쳐 창조하는 것이 바로 『blessing
software』의―.

"…………자, 작작 좀 해애애애애~!"

"에, 에리리?"

"우와아아앗! 뭐야뭐야뭐야~?!"

깊은 고민에 잠겨 있는 나와 내 손에 들린 서류 다발을,
원심력이 실린 황금색 빗자루가 강타했다.

……트윈 테일 왕복 따귀, 정말 오래간만에 맞았는걸.

※　※　※

"자기 작업을 방해하지 말라고 해놓고 남의 작업을 방해하는 거냐……."

"시끄러워."

방 안에 흩날린 종이를 주워 모은 후 가해자인 에리리를 향해 돌아앉자, 이 녀석은 눈곱만큼도 미안해하지 않……는 것은 아닌지 약간 거북한 표정을 지으면서 내 시선을 피했다.

"그런데 무슨 일이야?"

"무, 무슨 일이냐니……."

"나한테 무슨 볼일이 있는 거잖아? 말해봐."

"……혹시 좀 전의 이야기를 전혀 못 들은 거야?"

"엄청 집중하고 있었어. 엄청 심각한 생각에 잠겨 있었다고. 누구 씨가 책임을 다하라고 해서 말이야."

"으……."

"그러니 미안하지만 이야기 좀 다시 해줘. 무슨 일이야?"

"으, 으~음, 으~음."

"평범한 말이라면 몰라도, 의미 없는 잡음은 신경 쓰인다고 했지?"

"메, 메구미~."

좀 전까지의 기세가 사라진 에리리는 고개를 푹 숙인 채 옆쪽을 힐끔힐끔 쳐다보았다.

그곳에는 컴퓨터 모니터에 시선을 고정시킨 채 마우스를 클릭하면서…….

"아~ 에리리. 미안한데 지금은 말 걸지 말아줬으면 좋겠어."

"메구미?!"

다운로드한 체험판 게임을 열심히 플레이하고 있는 카토가 있었다.

그러고 보니 아까까지 에리리와 꺄아꺄아~ 우후후~ 하고 있었다는 게 믿기지 않을 만큼 무미건조한 반응을 보이며 무미건조한 화면에 집중하고 있었다.

정말 이 녀석의 공기화 스킬…… 아니, 분위기 파악 스킬은 사람을 질리게, 아니 감탄하게 만든다니깐.

"아~ 으음, 즉, 결론만 말하자면……."

"좀 전부터 결론만 말하지 않은 것 같은데."

"으……."

아무튼, 아군을 잃은 에리리는 완전히 풀이 죽어버렸다.

대체 얼마나 중요한 말을 하려고 하는 것인지, 그녀의 이마에는 진땀이 맺혔고, 고개를 푹 숙이고 있으며, 손은 체육복이 아니라 치맛자락을 움켜쥔 채 우물쭈물…….

응? 잠깐만?

"그러고 보니……."

"왜, 왜 그래?!"

"에리리와 카토는 내가 모르는 사이에 꽤나 가까워졌네. 언제부터인가 서로를 이름으로 부르고 있잖아."

"…………저기, 한 달 전부터 그랬거든?"

어? 에리리 녀석, 갑자기 마음이 진정된 것 같네.

"그랬어? 뭐, 아무튼 잘됐어. 처음 만났을 때부터 너희 둘 다 서로에 대한 인상이 좋지 않아 보였거든."

"누구의 세팅 때문에 그렇게 된 것인지 검증할 필요가 있을 것 같은데 말이야."

"하지만 이걸로 카토도 『클래스메이트 B』에서 『에리리의 친구 A』로 당당히 승격……."

"격이 오른 게 아니라 떨어졌잖아."

뭐, 대화 내용은 일단 제쳐두고, 나는 아무래도 이 실패를 허용하지 않는 상황에서 멋지게 우호도를 올리는 대화 선택지를 고르는 데 성공한 것 같았다.

응응. 역시 지금까지 내가 쌓아온 미소녀 게임 플레이 경험은 헛되지 않았어.

"뭐, 아무튼 에리리. 앞으로도 카토와 사이좋게…… 어, 어라?"

"하아, 이번에는 또 뭐야?"

"그러고 보니 너, 오늘은 카토처럼 평범한 옷을 입었네."

"시간차 공격?!"

지금까지는 눈치채지 못했는데, 에리리는 현재 어깨가 드러나는 칠부 원피스를 입고 있었다. 상류층 아가씨나 은둔형 외톨이에게는 어울리지 않는 복장이었다.

이 녀석이 내 방에서 치마 입고 있는 건 처음…… 아, 8년 만이 아닐까?

"이, 이건, 그러니까…… 어제, 메구미와 이케부쿠로의 파○코에서……."

"흐음, 에리리가 파르○에 갔구나. 정말 신기한 일이네. 넌 맞춤 제작한 옷이나 학교 지정 복장 말고는 입은 적 거의 없지 않아?"

"그, 그러니까, 저기…… 내가 처음으로 고른 옷이기도 해."

"어차피 카토의 센스에 기댄 거잖아? 딱 봐도 알겠네."

"이, 이 옷, 나한테 잘 어울려……?!"

"어울린다기보다, 평범한 3차원 미소녀 같아."

"미, 미…… 그, 그러니까, 그 말은……."

"에리리?"

"그, 그러니까, 말이야!"

내가 별생각 없이 말한 감상을 들은 에리리가 마치 내 멱살이라도 잡으려는 것처럼 나에게 다가온 순간…….

"자, 잠깐만! 두 사람 다 이거 좀 봐!"

"어? 카, 카토?"

어찌 된 영문인지 평소와 달리 분위기 파악을 못 한 카토가 우리 대화에 끼어들었다.

"메, 메구미! 왜 중요한 순간에 방해……."

"하지만, 하지만…… 이거, 이즈미 양의 그림, 맞지……?"

"……뭐?"

"……뭐?"

하지만 그 놀라움은 다음 순간 카토가 입에 담은 말 때문에 순식간에 사라지고 말았다…….

"이 동인 게임의 체험판…… 틀림없어. 이건 하시마 이즈미 양의 그림이야."

카토가 손가락으로 가리킨 모니터에는 일본 전통 복장을 입은 소녀가 춤추고 있는 몽환적인 느낌의 CG가 표시되어 있었다.

그 CG는 디자인도, 배색도, 캐릭터의 아름다움과 귀여움도, 동인 레벨을 아득히 능가했다는 것을 한눈에 알 수 있을 정도의 아우라로 가득 차 있었다.

하지만 지금 내 눈길을 끌고 있는 것은 화면 중앙에 표시된 CG가 아니었다.

"이즈미…… 대체 왜……."

동인 주제에 상업 흉내 내듯 화면 오른쪽 구석에 작게 적힌 『ⓒrouge en rouge』라는 저작권 표기 쪽이었다…….

제3장

곧 있으면 이 두 사람이 대활약하거든? 거짓말 아니거든?

"이야, 오래간만이네 토모야 군……. 그리고 카시와기 에리 선생님."

그리고 몇 시간 후.

"어떻게 된 거야……."

"그건 내가 할 말이라고 생각하는데 말이야."

11월쯤 되면 오후 다섯 시만 지나도 주위는 옅은 어둠에 휩싸인다.

그런 해 질 녘에 우리는 여름 이후로 처음 가지는 재회를 기뻐—

"왜 이즈미가 아니라 네가 나온 거냐고…… 이오리!"

—할 리가 없었다.

그곳은 우리 집 근처이자 예전에 내가 다닌 시마무라 중학교 근처에 있는 조그마한 공원이다.

그리고 여름에 3년 만에 돌아온 후배 여자애와의 재회를 기뻐했던 장소이기도 했다.

"왜냐니…… 그야 토모야 군에게서 연락이 왔기 때문이지."

"이즈미는 어디 있지?! 그리고 나는 너 따위를 부른 적 없어!"

"너는 우리 서클의 메일 주소로 연락 했잖아?"

"하지만 『하시마 이즈미 님에게』라고 메일 본문에 적었잖아!"

"그 메일을 가장 먼저 보는 사람은 사이트 관리인인 나라고."

"뭐? 네 서클은 팬의 메일도 크리에이터에게 전달하지 않는 거야?! 스팸이나 중상모략, 스토킹, 소셜 게임 일러스트를 장당 8천 엔이라는 완전 사람 등쳐먹는 가격으로 의뢰하는 메일이 아닌 한 본인에게 전달해주는 게 동인 서클 대표의 긍지잖아!"

"잠깐만, 토모야."

"아니, 그런 이야기가…… 뭐, 됐어."

나와 에리리의 눈앞에서 미안한 기색이라고는 눈곱만큼도 없이 실실 쪼개고 있는 이 녀석의 이름은 하시마 이오리.

서클『rouge en rouge』대표. 예전 클래스메이트이자 현역 동인 파락호.

나보다 키가 크고, 나보다 언변도 좋으며, 나보다 약간 잘생겼다.

　풍성한 머리카락과 눈물점을 비롯해 온몸의 파츠 하나하나가 강렬해서, 도저히 나와 같은 레벨의 오타쿠로 보이지 않는 리얼충 자식.

　……그리고 내가 오늘 이야기를 나누고 싶었던 상대인 하시마 이즈미의 오빠이기도 했다.

　석 달 정도 전에 있었던 일이다.

　나, 아니 우리는 3년 전에 나고야로 이사 간 바람에 헤어진 한 여자 후배와 재회했다.

　그녀의 이름은 하시마 이즈미.

　나보다 세 살 어리고, 나를 많이 따르며, 내 영향으로 오타쿠가 된 소녀.

　그리고 지금은 새내기 동인 작가로서 취미 삼아 창작 활동을 하고 있었다.

　여름 코믹마켓에서 그녀의 동인지를 접한 나는 그 안에 숨겨져 있는 재능에 경악하고, 두려워했으며, 감동했다…….

　그래서 그녀의 서클과 그녀의 작품을 조금이라도 많은 사람들에게 알리고 싶다는 마음이 든 나는 그 걸작을 필사적으로 선전했다.

하지만 그렇게 기쁘고 즐거우며 달콤 쌉싸름한 글로리 데이즈의 뒤편에서 거무튀튀하고 더러우며 비린내 풀풀 나는 스카우트 공작이 펼쳐지고 있었다는 사실을 아는 사람은 많지 않다.

이즈미의 오빠이자 그녀와 마찬가지로 3년 만에 이곳으로 돌아온 하시마 이오리는 인맥과 야망, 그리고 인심 장악술을 구사해 초대형 셔터 서클 『rouge en rouge』를 수중에 넣었다.

그런 이오리의 목표는 『rouge en rouge』 첫 동인 게임 소프트 개발과, 새로운 간판 일러스트레이터인 카시와기 에리, 즉, 에리리의 스카우트였다.

그렇다. 마치 『blessing software』와 같은 방향성을 제시하면서, 규모 면에서 밀리는 우리를 박살 내려 하는 것만 같았다…….

"뭐, 메일을 보니 『rouge en rouge』의 겨울 코믹마켓 신작의 체험판을 플레이해준 것 같네. 고마워, 토모야 군."

"이오리……."

그때, 에리리가 스카우트를 거절한 덕분에 이오리의 야망은 박살 났다고 생각했다.

"생각했던 것보다 반향이 크단 말이야. ……체험판 다운로드 수는 1만을 넘었고, 한순간이기는 하지만 검색 엔진의 트렌드 란에도 얼굴을 비췄지 뭐야. 뭐, 이 정도면 꽤 괜찮은 스타트라고 할 수 있겠지?"

하지만 그 어두운 불꽃은 겨울 코믹마켓을 코앞에 둔 지금에서야, 느닷없이 엄청나게 커다란, 그리고 차가운 불기둥을 피워 올렸다.

게다가 자신의 여동생을 새로운 제물…… 간판 일러스트레이터로 앉히면서 말이다.

"뭐, 요즘 같은 시대에 전기(傳奇) 어드벤처가 먹힐지 조금 걱정이었지만……. 역시 눈물과 열혈, 그리고 모에를 가득 넣을 수 있는 인기 장르는 시대를 초월할 만큼 강하다고 해야 하나?"

『영원과 찰나의 에방질(evangile)』

기구한 운명에 희롱당하고, 환생을 반복하며, 몇 번이나 사랑을 나누지만.

몇 번이나 갈라져야만 했던 남녀의 사랑과 싸움과 생과 사의 이야기…….

그것이 이오리가 처음으로 프로듀서한 동인 게임의 개요다.

"……뭘 어쩌려는 거야."

"여름에 말했잖아? 승부라고 말이야."

"그렇다고 이렇게 노골적으로 나올 것까지는 없잖아!"

"그렇게 노골적이었어?"

"우연 같은 헛소리는 하지 마……. 너, 우리가 만드는 게임의 내용을 알고 있었지?"

"토모야 군도 딱히 숨기지는 않았잖아? 여름 코믹마켓 때부터 슬그머니 소문은 돌았었다고."

"으……."

장르도, 작풍도, 전부 다 우연이라고 하기에는 너무나도 노골적으로 겹쳤다.

이 녀석, 진짜로 우리와 『붙어볼』 생각인 거냐…….

"아, 아냐. 그 이야기는 백 보, 아니, 7조(兆) 보 양보해서 일단 나중으로 미루자."

"토모야 군은 여전히 오타쿠 느낌이 물씬 나는 숫자를 애용하네."

하지만 지금은 이 더러운 모략에 관해 이야기할 때가 아니다.

내가 지금 화가 난 것은 이 녀석의 목적이 아니라 수단 때문이었다.

"이즈미를 휘말리게 하지 마……."

……올바르고, 갓 싹이 텄지만, 상상을 초월할 만큼 거대한 재능을 지닌 여자애의 장밋빛 장래에 관한 이야기를 해야만 했다.

"그 애는 엄청난 가능성을 지녔어……. 좀 더 자유롭게, 그리고 시간을 들여 그 가능성을 키워…… 아얏?"

……어라? 방금 내 종아리에 누군가의 발끝이 닿은 것 같은 느낌이 들었는데, 잘못 느낀 건가?

"응? 토모야, 왜 그래?"

"아무것도 아냐……."

고개를 돌려보니 나에게 발이 닿을 정도의 거리에는 한 명밖에 없었다. 하지만 그 용의자는 고개를 돌린 채 미심쩍은 태도를 유지하고 있었다.

……인마, 시치미 뗄 거면 좀 제대로 떼라고.

"너, 그때는 이즈미와 너는 아무런 상관도 없다고 했잖아."

다시 마음을 다잡은 나는 비난 섞인 시선으로 이오리를 쳐다보면서 말했다.

"너의 그 추악하고 거무튀튀하며 쓰레기 같은 야망에 이즈미를 휘말리게 하지 않겠다고 했었잖아!"

그렇다. 사실 나는 예전 절친이 최후의 선만은 넘지 않을 것이라고 믿고 있었다.

확실히 명예와 명성과 명함을 위해서라면 그 어떤 더러운 수단이나 돈, 인맥도 이용하는 녀석이지만, 그것은 상대가 악인일 때만 그러는 것이라고 믿고 있었다.

내가 그렇게 믿었는데도…… 코스튬 플레이어나 성우 지망생이나 트레이싱 작가나 여자애를 농락할지라도…… 크아아아악! 역시 진짜 짜증 나는 녀석이네!

"……저기, 나는 네가 상상하는 것처럼 심한 짓을 하고 다니지는 않는데 말이야."

"남의 마음을 읽을 시간이 있으면 변명이라도 좀 해보라고!"

……거 봐. 이 녀석의 인심 장악술은 장난 아니지?

"나는 다른 장르라도 괜찮았는데 말이야. 그래도 메인 스태프의 열의를 우선시할 수밖에 없었어."

"설마…… 시나리오라이터 팀이?"

"아니, 실은 원화가의 희망이었어……."

"뭐……."

"덕분에 정말 큰일이었어. 이 짧은 기한 안에 전기 게임 시나리오를 쓸 수 있는 시나리오라이터를 찾아야만 했거든……. 결국 유명 게임 서클의 시나리오 팀을 통째로 스카우트했어."

"마, 말도 안 되는 소리 하지 마!"

"내 자랑은 악랄한 소리는 해도 거짓말만은 하지 않는 거라고."

"이즈미를 속여서 네 뜻대로 조종하고 있는 거잖아!"

"그렇지 않아. 진짜로 이즈미가 먼저 말을 꺼냈어. ……너희와 같은 조건에서 싸우고 싶다고 말이야."

"이유가 뭔데?! 왜 이즈미가 그런 말을 한 거냐고!"

"그러지 않으면 사와무라 선배와 싸울 수 없으니까요……."

"어……?"

그 질문에 대한 대답은 이오리의 입이 아니라, 그의 뒤편…….

나무로 우거진 수풀 안에서 들려왔다.

※　※　※

"이즈미……?"

수풀 안, 마치 나무그늘에서 자라난 것처럼 슬며시 현현한 그 모습은 내가 아는 인물의 이미지와는 달랐다.

그래도 그 상대가 내가 아는 하시마 이즈미 본인이라는 확신은 가질 수 있었다.

약간 억눌리기는 했지만, 그녀를 특정 짓기에 충분할 만큼 약간 새되고 혀 짧은 듯한 목소리.

그리고 작은 몸집과는 달리 풍만한 일정 부분이 자아내는 끝내주는 볼륨.

정말 이 점에 있어서만큼은 동인 일러스트레이터 업계에서도 열강(列强) 중 한 명으로 뽑힐 것이다.

적어도 우리 서클의 원화가는 상대도 되지 않으리라.

하지만 지금은 그런 엄연한 사실 때문에 유감스러운 기분을 맛보기보다는……

"오래간만이에요, 선배……."

여름에 만났을 때와는 너무나도 달라져버린 그녀의 분위기에 삼켜질 것만 같았다.

우선 가장 먼저 눈에 들어온 것은 그녀의 겉모습이다.

여름 코믹마켓 때의 가련함과 쾌활함이 묻어나는 복장과는 대조적…… 아니, 캐릭터의 장르 자체가 완전히 달라졌다.

레이스와 프릴이 잔뜩 달린, 시꺼멓지만 화려한 의상으로 몸을 감싸고, 머리카락은 화려한 리본으로 묶었으며, 그런 전체적인 경향은 신발에까지 미치고 있었다……

즉, 머리끝부터 발끝까지, 고스로리 복장으로 꾸민 소녀가 그곳에 있었다.

게다가 나를 보고 『선배~!』 라고 외치며 전력으로 달려오던, 그 순종 계열 후배다운 언동과 행동 또한 모습을 감췄다. 그녀는 정숙하면서도 조신하게, 그리고 무표정한 얼굴로 우리에게 다가왔다.

마치 한낮의 쾌활한 이즈미가 사라지고, 황혼 녘의 틈바

구니에서 "이즈미"라는 이름의 검은 악마 소녀가 그녀의 육체를 이용해 현현한 것 같은 착각이 들었다.

그런 검은 분위기에 삼켜지고 만 나는…….

"이야~ 오래간만이야, 이즈미! 잘 지냈어? 여름 코믹마켓 이후로 연락 못 해서 미안해. 이쪽도 엄청 바빴거든!"

"선배가 미안해할 필요 없어요! 저야말로 연락 못 드려서 죄송해요!"

"어때? 여기 생활에는 익숙해졌어? 친구는 많이 만들었고?"

"선배도 참. 저는 3년 전까지 여기서 살았잖아요. 익숙해지고 말고 할 것도 없어요~."

"아, 그것도 그러네. 아하하하하."

"아하하하하. 정말……이 아니에요, 선배!"

아, 역시 진짜 이즈미네.

"착각하지 마세요, 선배……. 저는 이제 토모야 선배가 아는 하시마 이즈미가 아니에요……."

한순간 자신의 본질을 드러낼 뻔했던 이즈미는 다시 차갑고 조용한 태도를 취하면서 희미하게 슬픔이 어린 시선으로 나를 쳐다보았다.

"그런데 왜 숨어 있었던 거야? 나, 실은 이즈미가 내 연락을 무시할 줄 알고 엄청 충격받았다고."

"말도 안 돼요! 제가 토모야 선배를 무시하다니요! 그런 일이 있을 리가 없잖아요! 하지만, 그게⋯⋯ 오빠가 "주역은 나중에 등장하는 거야."라고 해서⋯⋯."

"주역? 누가?"

"역시 네 계략이었냐, 이오리!"

등 뒤에서 들려온 낮은 중얼거림을 무시한 나는 이즈미의 옆에 서 있는 이오리를 노려보았다.

에리리의 디스

"으음, 나는 그저 악에 물든 캐릭터의 등장 신을 가능한 한 충실하게 재현했을 뿐이야. 토모야 군이라면 이 미학을 이해할 거라고 생각하는데?"

"큭⋯⋯."

허를 찌르는 등장. 검은색으로 통일한 복장. 차분한 말투.

그렇다. 이것은 흑화 캐릭터 등장 신에서 빠져서는 안 되는 요소다.

간단하게 말해, 3쿨 언저리에서 등장하는 목소리만으로도 누군지 알 것 같은 실루엣 캐릭터다.

넘쳐흐르는 재생 괴인 테이스트⋯⋯ 아, 재생되면 약체화 되니까 그것과는 좀 다르려나.

"이즈미! 너는 속고 있어!"

"선배⋯⋯."

하지만 나는 그런 불길하면서도 아름다운 악을 논하는 이오리를, 목청껏 부정했다.

"너는 그저 좋아하는 작품을 승화시키기 위해 동인 활동을 해왔던 거잖아?"

왜냐하면 내가 아는 이즈미라면 이렇게 변할 리가 없기 때문이다.

"인기를 위해서라든가, 돈을 위해서가 아니라…… 그저 같은 리틀랩 팬들과 우정을 다지기 위해 동인 활동을 시작한 거잖아!"

동인지 한 권으로 나를 신자로 만들어버린 천재 동인 작가가 나아가기에는 너무나도 슬픈 길이었다.

"떠올려봐, 이즈미! 네 동인지를 읽고 진심 어린 미소를 짓던 그 사람들을!"

그래서 나는 이즈미의 마음 깊은 곳을 향해 목청껏 호소했다.

석 달 전, 그녀가 지니고 있던 순진무구한 마음을 되찾아주기를 바랐기 때문이다.

하지만…….

"미안해요, 선배……."

"큭……."

이오리가 짜놓은 연출은 불길함마저 느껴질 만큼 교활했다.

"이 옷과 연출을 생각한 사람은 오빠지만…… 이번 일은 전부 제가 생각하고, 고민한 끝에, 제 의지로 결정한 거예요.”

“이, 이즈미…….”

그렇다. 이 상황은 악에 물든 캐릭터가 조종당하거나 세뇌당한 것이 아니라 실은 자신의 의지로 적으로 돌아섰을 때의 황금 패턴을 완벽하게 재현하고 있었다.

“저기, 선배……. 저는 이제 토모야 선배가 아는, 선배의 후배가 아니에요.”

“그런 것치고는 선배란 말을 너무 많이 쓰잖아.”

“이제, 저는, 선배를 좋아했던, 선배가 좋아했던 하시마 이즈미가 아니에요.”

“저 공기 후배, 이 상황을 이용해 말도 안 되는 헛소리를 늘어놓고 있네.”

“잘 있어요, 토모야 선배……. 선배가 제 책을 팔아줬던 그 여름은, 저에게 있어 가장 행복한 시간이었어요…….”

“이즈미이이이이이이이이~!”

그렇다. 너무 멋지기 때문에, 딱히 울 일이 아닌데도 눈물이 끓어오를 만큼 완전히 빠져버리고 만 것이다.

“정말 유감이지? 토모야 군? 아하하하하…… 아~ 하하하하핫~.”

그리고 분위기에 휩쓸려 부자연스러울 만큼 텐션이 높아진 이오리 또한 너 대체 누구냐, 라고 물어보고 싶을 만큼 캐릭터가 붕괴되고 말았다.

“……그건 그렇고, 너는 꽤 즐거워 보이네.”

……그리고 내 뒤편에서 역전하지 않을 만큼만 반격하고 있는 녀석이 꽤나 방해되었다.

"그러니, 이제 드디어 승부를 할 수 있게 되었네요, 사와무라 선배. 아니, 카시와기 에리……."

"훗……."

그리고 캐릭터 붕괴 일보 직전의 상황에서 겨우 버티고 있던 블랙 이즈미가 이번에는 내 옆쪽을 향해 적의에 찬 시선을 보냈다.

아까까지 낮은 목소리로 딴죽만 날려대는 삼류 연예인처럼 행동하던 금발 트윈 테일은 그 말을 듣고 앞으로 나서더니 황금색 꼬리를 흔들었다.

……아얏. 트윈 테일이 눈을 찔렀어.

"흐음, 『rouge en rouge』의 메인 원화가가 됐구나……. 축하해. 겨우 몇 달 만에 꽤나 출세했네, 이즈미 양."

그리고 에리리는 블랙 이즈미에게서 한 걸음도 물러서지 않으면서 스펜서 아가씨 모드로 대치했다.

"……뭐, 오빠 덕택에 그 자리를 꿰어 찬 거겠지만 말이야."

"큭……."

"에리리?!"

어? 뭐야? 어떻게 된 거지? 이 두 사람, 왜 이렇게 살벌

한 분위기를 형성하고 있는 거야?

그리고 보니 여름 코믹마켓 후, 에리리는 이즈미에게 사
3권 에필로그에서
과했고, 선물까지 주면서 화해했었잖아?

게다가 리틀랩 관련으로 사이좋게 이야기꽃을 피웠잖아?

"겨울 코믹마켓에서는 봐주지 말고 진검승부를 부탁드릴
게요. 카시와기 씨."

"당연하지. 봐줄 수 있을 리가 없잖아?"

"……고마워요."

"왜냐하면 상대는 『rouge en rouge』잖아. 실력 차를 제
대로 보여주지 않으면 서클의 격에서 밀려 지고 말거라구."

"으…… 서클은 이 승부와 상관없어요."

"네가 그런 걱정을 할 필요는 없어. 나, 아무리 핸디캡이
있더라도 절대 안 질 거거든."

"으…… 얕보지 마세요! 저도 그 후로 죽도록 최선을 다했
단 말이에요!"

"뭐, 기대하고 있을게……. 『rouge en rouge』의 이즈미
양. 짊어진 간판에 깔려 납작이가 되지 않도록 조심해."

"으~~~~!"

어라? 어라어라어라?

게다가 에리리가 훨씬 악역 같잖아?!

"어, 어이, 에리리."

"뭐야? 지금 중요한 이야기 중이니까 방해하지 마."

"아니, 너…… 왜 그렇게 시비조인 거야?"

"먼저 시비를 건 건 저쪽이라구."

"하지만 여름에 나랑 같이 사과했었잖아?"

"아~ 그거 말이구나. …………거짓말이었어."

"뭐어어어어어어어어어어어~?!"

우와, 엄청 듣기 싫었던 말을 듣고 말았어.

그때 내가 느꼈던, 가슴속 응어리가 사라진 듯한 상쾌함은 대체 뭐였던 거야? 여자는 정말 무섭네.

"아, 괜찮아요. 저는 사와무라 선배의 마음이 이해되니까요."

"이, 이즈미?"

태도가 싹 바뀐 에리리를 본 나는 두려움을 느꼈지만, 당사자인 이즈미는 그 배신을 당연한 일이라는 듯이 받아들였다.

"아무런 실적도 없는 신출내기 무명작가에게 추월당한다면, 그 누구라도 사와무라 선배처럼 비참함을 느낄 거예요."

"이 풋내기가아아아아아아앗!"

"히이이이이이이이이이이익~?!"

무서워! 여자들 사이의 불화, 너무 무서워!

아. 이오리 녀석, 어느새 뒤돌아서서 귀를 막고 있잖아.

저 녀석도 이런 상황은 고역인가 보네.

　　　　　※　※　※

“…….”

“…….”

“……으.”

“……으.”

“으~음. 슬슬 돌아가자, 에리리.”

“으~음. 슬슬 돌아갈까? 이즈미.”

설전이 침묵 속의 눈싸움으로 변하고 몇 분이 흘렀을 즈음.

　겨우 마음을 진정시킨 제삼자들이 철수하자는 말을 꺼냈다.

“……알았어.”

“응. 돌아가자, 오빠.”

　그리고 두 당사자도 좀 심했다고 생각하는지 약간 겸연쩍은 표정을 지은 후, 서로에게서 거리를 뒀다.

“아, 으~음, 그럼 이만 가볼게, 이오리.”

“그, 그래. 겨울 코믹마켓 때는 서로가 최선을 다하자, 토모야 군.”

　그리고 당초 격렬하게 대립하던 우리는 스포츠맨십에 의거한 듯한 인사를 나누면서 뒤돌아섰다.

"저기, 이오리."

"왜? 토모야 군."

"네가 그 어떤 수를 쓰더라도 우리 『blessing software』는 지지 않아."

그래서 나는 마지막으로 스포츠맨십에 의거한 선전포고를 했다.

"꽤 자신만만하네."

"당연하지. 게임은 종합 예술이잖아?"

오늘은 원화가 간의 추악한 다툼…… 아니, 뜨거운 격돌만이 부각되었지만, 우리가 목표로 삼고 있는 정상에는 그녀들만의 힘으로는 올라갈 수 없다.

아름다운 그림, 분위기를 고조시켜주는 음악, 그것들을 조화시켜줄 프로그램…….

그리고 우리에게는 『rouge en rouge』조차 범접할 수 없는 비장의 카드가 있다.

"너도 알지? 우리에게는……."

"아, 카스미 우타코 말이구나. 확실히 너희 쪽은 화제성 넘치는 스태프를 확보하긴 했어."

"화제성 따위는 아무래도 상관없어. 그저 우리 게임은 시나리오만은 절대……."

"하지만 나는 그 부분에서도 너희에게 질 거라고는 생각하지 않아."

"……뭐?"

그 순간, 나는 이오리가 무슨 말을 하는 것인지 이해하지 못했다.

그것도 그럴 것이, 이오리는 너무나도 간단히, 마치 흥미가 없는 것처럼, 50만 부 급 라이트노벨 작가의 존재를 무시했기 때문이다.

"너 지금 무슨 소리를 하는 거야……. 동인 시나리오 라이터로 카스미 우타코에게 이길 수 있다고……."

"아~. 물론 스토리로 이길 거라고는 생각하지 않아."

"그럼 대체……."

"아까 토모야 군도 말했잖아. ……게임은 종합 예술이라고 말이야."

"이오리……?"

이오리의 그 태도는 억지를 쓰는 것처럼도, 허세를 부리는 것처럼도 보이지 않았다.

……과거, 이오리를 가장 깊게 이해했던 나는 그 사실을 알 수 있었다.

하지만 어째서 이오리가 저렇게 절대적인 자신감을 내비치는 것인지는 알 수가 없었다.

"그럼 진짜로 갈게……. 다음에 봐, 토모야 군."

"어, 어이……."

이오리는 마치 자기 이야기는 다 끝났다는 듯이, 당황한 나를 내버려 둔 채 이즈미를 재촉하며 공원 밖을 향해 걸음을 옮겼다.

"토모야 선배…… 죄송해요."

그리고 결국 우리와 화해하지 않은 이즈미는 약간의 미안함과 약간의 결의가 담긴 표정을 지으며 고개를 숙인 후, 나에게서 멀어져 갔다.

"……가자, 에리리."

"토모야……."

그런 두 사람을 잡지 못한 나는 에리리와 함께 그들과는 반대 방향을 향해 걸음을 옮기려—

"아, 이즈미 양도 돌아가는구나."

"어?"

하지만 다음 순간…….

옆에 있는 벤치에 앉아 있던 여자애가 이즈미에게 말을 걸었다.

"겨울 코믹마켓까지 열심히 해. 이즈미 양이 만드는 게임, 기대하고 있을게."

"어……?"

그 사람은 나, 그리고 에리리와 함께 우리 집을 나섰고, 이 공원에 같이 온 후, 곁에서 우리를 계속 지켜보고 있었던…….

"죄, 죄죄죄죄죄송해요, 메구미 씨! 지금 이 순간까지 계신 줄도 몰랐어요!"

"토모야 군. 너도 남 말 할 자격은 없는 것 같은데? 이렇게 교묘하게 멤버 한 명을 감추고 있었으니까 말이야."

"감춘 적 없거든?! 그리고 감출 이유도 없다고!"

"메구미는 대화에 전혀 참가하지 않았잖아. 미안하지만 존재 자체를 깜빡하고 말았어."

"아~ 미안. 하던 게임이 클라이맥스였어. ……그건 그렇고, 이제 해산하는 거야?"

카토는 먼저 돌아갔다는 착각을, 대체 언제부터 하고 있었던 거지……?

제4장

진정한 안티가 될 수 있는 건 열광적인 신자뿐이니까

"으~음……."

점심시간이라 시끌벅적한 교실.

해 질 녘 공원에서의 만남으로부터 닷새가 흐른 금요일.

……모든 수업이 끝나지 않은 시간대의 교실을 묘사하는 것은 이 학원물에서 이번이 처음 아닐까?

"으으~음……."

누가 하는 말인지 알기 힘든 마음의 소리를 무시한 나는 책상에 둘러앉아 잡담을 나누고 있는 그룹에서 고립된 채, 최근 며칠 동안 매일같이 해왔던 것처럼 독서에 빠져 있었다.

물론 내가 읽고 있는 것은 제본된 책이 아니라…….

"아직도 그걸 읽고 있구나."

"……응."

그렇다. 그것은 너덜너덜해지기 시작한 프린터 용지에 인쇄된 텍스트였다.

"카레빵 사 왔어. 그리고 블랙커피도 뽑아왔어."

"고마워. 지금은 돈이 없으니까 나중에 줄게."

"으~음, 그럼 나는 아키 군의 클래스메이트 B에서 부하 A로 승격한 거야?"

"……미안. 줄게. 이자까지 쳐서 지금 줄 테니까 용서해 줘, 카토!"

나는 요즘 들어 카토를 함부로 대한 것을 맹렬하게 반성하면서 그렇게 말했지만, 카토는 별다른 반응을 보이지 않았다. 그리고 내 앞자리의 의자에 앉더니 자기가 먹을 빵의 포장을 뜯었다.

그러고 보니 주위 사람들의 우리에 대한 취급이 아주 조금 변한 것 같은 느낌이 들었다.

이렇게 단둘이서 밥을 먹어도 우리가 마치 공기라도 된 것처럼 의식하지 않는 것은 지금까지와 마찬가지지만, 우리에게 볼일이 있는 누군가가 거리낌 없이 끼어드는 일이 없어졌다. 덕분에 우리는 다른 사람에게 방해받지 않으며 점심시간을 보내게 됐다.

즉, 슬슬 주위 사람들도 우리가 주종 관계라는 사실을 눈치채…… 아, 좀 전에 주종 관계를 부정했었지.

"그런데 뭔가 알아낸 건 있어?"

"응. 있어."

"흐음, 뭔데?"

"역시 우타하 선배의 시나리오는 신급이야."

"아, 맞다. 이럴 때 내가 어떤 말을 해야 하는지 알아. "우웩, 신자 꺼져." 라고 말하면 되지?"

"……틀린 건 아니지만, 듣는 쪽은 짜증이 마구 치솟는다는 점도 알아둬."

그렇다. 나는 여전히 우타하 선배가 제출한 초기 원고와 개정 원고의 시나리오를 몇 번이나, 몇 번이나, 몇 번이나, 몇 번이나, 몇 번이나 읽으면서 하루하루를 보내고 있었다.

그리고 그 일요일 이후로는 이전보다 더 집중하면서 읽게 되었다.

『하지만 나는 그 부분에서도 너희에게 질 거라고는 생각하지 않아.』

그때, 이오리가, 평소보다 자연스럽게, 자기 자신을 포장하지 않으면서 중얼거린 말이 머릿속에 남아 있기 때문이다.

그래서 아침 등교 후, 지금 같은 점심시간, 서클 활동 시간, 하교 시간, 밤에 집에 돌아가서 스크립트 작업을 하다 짬이 났을 때.

……그리고, 실은 수업 중에도.

조금이라도 짬이 나면 그 녀석이 한 말의 진의를 생각했다.

"너무 과민 반응하는 거 아냐? 내가 보기에는 정말 잘 만든 시나리오 같아."

"카토의 감상을 얼마나 신용해도 되는지는 일단 제쳐두기로 하고, 실은 나도 과민 반응이라고 생각해."

"이런 걸 오타쿠의 거만함이라고 한다는 감상을 일단 제쳐두기로 하고, 그렇다면 말이야."

"하지만 역시 신경 쓰여……."

"……어라?"

그렇다. 나도 과민 반응이라고 생각한다.

그것도 그럴 것이, 몇 번이나 다시 읽어봐도, 우타하 선배의 시나리오는 멋졌다.

초기 원고의 엔터테인먼트성도, 개정 원고의 스토리성도, 우열을 가릴 수 없을 만큼 재미있었다.

그렇다면 이오리는 왜 그렇게 자신만만한 걸까?

이쪽은 아직 체험판조차 공개하지 않았는데, 어째서 자신들의 승리를 확신할 수 있는 거지?

왜 우리 시나리오를 얕잡아 볼 수 있는 걸까?

역시 그건 자의식 과잉인 이오리의 헛소리이거나, 나를 흔들기 위한 심리 작전…….

"……아냐."

아니, 그렇지 않다.

그때의 이오리에게서는 거짓도, 과장도 느껴지지 않았다.

……뭐, 그 사실을 가장 믿는 사람이 나라는 사실이 꽤나

아이러니하게 느껴졌다.

하지만 계속 그런 생각이 드니 어쩔 수 없었다.

그 녀석은 창작에 있어서는 전혀 진지하지 않다. 크리에이터가 피와 땀을 흘려 만든 것을 접해도 팔릴지 말지로만 가치를 매기며, 그 외의 다른 가치를 찾을 생각도 하지 않는 쓰레기다.

하지만 그렇기 때문에 그 녀석이 『이긴다』고 말한 작품은 반드시 상업적으로 승리를 거뒀다.

나는 그런 사례를 몇 번이나 접했다.

"어이, 카토. 내 생각에는…… 어라아아아아앗?!"

내가 그런 생각에 빠져 있는 사이, 내 눈앞에서 카토가 홀연히 사라졌다.

아니, 딱히 신경을 끄고 있었던 건 아닌데…… 역시 그 녀석은 스텔스 성능이 너무 뛰어나다니깐.

※　※　※

"……카스미가오카 선배?"

"윽?!"

"선배가 2학년 교실에 오다니, 별일도 다 있네요. 무슨 볼일이라도 있나요?"

"카, 카토 양……."

"아키 군을 불러올까요?"

"아, 아냐, 됐어. ……윤리 군에게 폐를 끼치고 싶진 않아."

"뭐, 확실히 소동이 일어나긴 할 거예요. 하지만 아키 군보다도 카스미가오카 선배의 평판에 더 큰 문제가 생길 것 같은데요?"

"……나는 그런 건 신경 쓰지 않아."

"그러고 보니 요즘 서클 쪽에도 얼굴을 비추지 않잖아요. 신작 때문에 많이 바쁜가요?"

"뭐, 뭐어, 그렇기도 하지만…… 그것만이 아니라고나 할까, 대답을 기다리고 있는 상태라고나 할까, 직접 물어보는 건 무섭다고 할까, 피가 말라 들어가는 것 같다고나 할까……."

"아, 이럴 때 어떤 반응을 보여야 하는지 알아요. "응? 뭐라고 했어?"라고 되물어야 올바른 귀머거리 주인공이라 할 수 있겠죠?"

"……당신, 꽤 잘못된 방향으로 물 들어가고 있는 것 아냐?"

"저한테 물어볼 게 있다고요? 아키 군이 아니라?"

"으, 응…… 저기 말이야."

"아, 예."

"윤리 군, 어쩌고 있어?"

"……그게, 저한테 물어볼, 건가요?"

"……그러면 안 돼?"

"으음~. 뭐, 알았어요. 카스미가오카 선배의 시나리오만 줄곧 읽고 있어요."

"……그게 그렇게 읽는 데 오래 걸리는 초대작이었어?"

"계속 고민하고 있는 것 같아요."

"고, 고민……?"

"예. 어느 쪽을 채용할지 고민하고 있는 것 같아요."

"그, 그럼, 결론은 아직 나오지 않은 거네?"

"예. 그래서 몇 번이나 다시 읽고 있는 것 같아요."

"그, 그렇구나……. 그럼 아직 희망은 있는 거네."

"응? 뭐라고 했어? 아, 방금은 진짜로 안 들렸어요."

"당신에게 말해봤자 아무 소용없는 말이야. 아니, 당신에게 말하면 아무런 의미도 없어지는 말이야."

"으음, 저를 가볍게 보는 건지 무겁게 보는 건지 영 미묘하네요."

"……실은 나도 어느 쪽인지 모르겠어."

※　※　※

"으~음……."

그리고 시간은 흘러 방과 후 하교 도중.

주말 서클 활동은 시나리오를 완성한 우타하 선배, 그리고 원화 작업 때문에 바빠서 통조림 상태가 된 에리리를 고려해 중지했다.

"으으~음……."

그런고로 나와 카토는 역으로 향하면서 아직 해가 지지 않은 통학로를 함께 걸었다.

참고로 점심시간 후로 시간이 꽤 경과했는데도 사태는 호전되지 않았다. 어느 시나리오를 선택할 것인가, 라는 문제는 여전히 해결되지 않은 상태였다.

아, 그래도 몇 시간 전과는 달라진 점이 하나 있었다…….

"으으으으~음."

"어이, 카토. 내 역할 좀 빼앗지 말아줄래?"

"아. 미안, 아키 군."

현재 종이에 인쇄된 텍스트를 보면서 신음을 흘리고 있는 이는 내가 아니라 카토였다.

"카토 너 왜 그래? 왜 갑자기 의욕이 생긴 거야?"

"으음, 지금까지도 의욕이 없었다고는 눈곱만큼도 생각하지 않는데……."

"아니, 그래도……."

점심시간이 끝나기 직전에 교실에 돌아온 카토는 나한테서 원고를 빼앗더니 오후 수업 중에도 계속 그 원고를 읽고 있었다.

그래 놓고 『평소와 다름없다』고 표현하는 것은 무리일 듯

싶은데…….

"저기, 아키 군."

"왜?"

"카스미가오카 선배는 이 두 시나리오에 어떤 의미를 담은 걸까?"

여러 의문이 풀리지 않은 가운데, 카토의 공세는 계속되었다.

다 읽은 초기 원고 다발을 나에게 돌려준 후, 이번에는 개정 원고를 읽기 시작했다.

"시나리오에 담은…… 의미?"

"둘 중 하나를 선택하면 어떻게 될까?"

"어떻게 되냐니…….."

그야 선택받은 쪽이 재미있고, 반응이 좋을 듯하며, 팔릴 것 같은 작품…….

아니, 이건 이제 그런 수준의 이야기가 아니다.

며칠 동안 몇 번이나 읽어봤지만, 양쪽 다 재미있고, 양쪽 다 반응이 좋을 것 같으며, 그리고 양쪽 다 팔릴……지는 알 수 없지만, 아무튼 크게 차이가 날 것 같지는 않았다.

그렇다면 남은 것은…….

『그리고 무엇보다, 토모야 군은 어느 쪽이 더 좋은지를.』

그렇다. 이제 그걸로 판단할 수밖에 없다.

포니테일 메구리의 귀여움에 모에할 수 있는, 전기 엔터테인먼트로서 발군의 완성도를 자랑하는 초기 원고.

일자 앞머리 롱헤어인 루리의 애절한 마음 때문에 눈물 흘리게 되는, 전기 러브 스토리로서 날카로운 몰입감을 자랑하는 개정 원고.

하지만 몇 번이나 텍스트를 읽으면서 비교해도, 나는 두 근대는 가슴을 안은 채 눈물을 흘릴 수밖에 없었다…….

"결국…… 플레이해봐야만 알 수 있을지도 모르겠군."

그래서 나는 이런 핑계나 다름없는 대답밖에 할 수 없는 상황이 되어 있었다.

"아…… 바로 그거야, 아키 군!"

"그게 대체 뭔데, 카토 군?!"

하지만 카토는 내가 핑계를 대는 것은 용납하지 않았다.

아니, 그렇지 않았다.

현재 카토의 눈동자에는 도망치려 하는 나를 궁지에 몰아넣으려는 듯한 장난기가 어려 있지 않았다. 그저 활로를 찾아내고 순수하게 기뻐하고 있는 것처럼 긍정적인 빛만이 어려 있었다.

……카토 녀석, 오늘은 캐릭터성이 넘쳐흐르는걸.

"플레이해봐야만 알 수 있다면…… 플레이해보면 어떨까?"

"하지만 아직 게임이 미완성……. 잠깐만. 너, 설마?"

"응. 바로 그거야. 아키―."

"미완성인 채로 발매를 강행하자는 거냐?!"

"…………아~."

카토의 너무나도 무시무시한 계략을 들은 나는 등골이 얼어붙었다.

"자, 잠깐만. 그것만은 안 돼, 카토! 생각을 바꿔!"

그렇다. 그것은 제작자가 결코 손대서는 안 되는 금단의 과실. 유저에 대한 배신. 그리고 유통에의 완전 복종.

그런 짓을 하면 일시적인 매상은 확보할 수 있을지도 모르지만, 그 작품에 대한 나쁜 평판이 돌면서 다음 작품에 치명적인 화근을 남기고 만다.

"그게 아냐, 아키 군. 그런 게 아니라……."

"……그럼 완성판 제품에 실수로 체험판 파일을 덧씌우고 말았다 같은 사고 위장 작전을 펼칠 생각인 거야?"

"으음, 일단 그런 생각에서 좀 벗어나자. 응?"

뭐, 체험판을 덧씌웠다는 거짓말 같은 일은 실제로 일어난 적이 있지만 말이다.

※　※　※

"……테스트 플레이?"

"응. 그거라면 미완성이라도 문제없지?"

카토의 제안은 내가 생각했던 것과는 전혀 달랐다. ……
아니, 차분하게 생각해보니 다른 게 정상이었다.

"맞아……. 시나리오는 전부 완성됐으니까 말이야."

그저, 지금 있는 소재를 긁어모아 일단 마지막까지 플레
이할 수 있게 만들자는 꽤나 현실적인 제안이었다.

"시나리오를 읽기만 해서는 알 수 없는 무언가가 있을지
도 모르잖아……. 너무 풋내 나는 생각일까?"

"아냐……."

확실히 카토의 말은 지극히 타당했다.

그림, 음악, 연출…….

그런 것을 조합함으로써, 시나리오를 읽기만 해서는 알
수 없는, 게임으로서의 완성도를 느낄 수 있을 것이다.

그것이 바로 "게임으로서" 어느 쪽이 더 재미있고, 반응
이 좋고, 팔릴 것 같으며, 그리고 어느 쪽이 더 내 취향인지
를 확실하게 알 수 있는 유일한 수단일지도 모른다.

"그래……. 카토의 말이 옳아."

"아키 군. 그러면……."

『게임은 종합 예술.』

일전에 잘난 척하듯 내 입에 담았던 말이지만, 어쩌면 나
자신이야말로 그 말을 가장 믿지 않았던 걸지도 모른다.

"그래. 플레이해보자!"

정말 왜일까.

결국 항상 가장 중요한 건 자기 입으로 말해놓고.

하지만 항상 그 사실을 스스로 눈치채지 못하며.

그리고, 항상 같은 녀석이 그 사실을 알려줬다.

"땡큐, 카토……."

대체 왜 일까……? 카토.

"으음, 아키 군. 그거, 아무래도 모에 이벤트를 의식해서 하고 있는 것이겠지만, 솔직히 말해 엄청 아파."

"육체적으로 아픈 건지, 행위적으로 아픈 건지 딱 잘라서 말하라고!"

그리고 자연스럽게 포니테일을 당겨대고 있는 나에게, 카토의 인정사정없는 멍한 공격이 꽂혔다.

※　※　※

"그, 그럼 나는 오늘부터 작업을 시작할 테니까……."

전철을 탄 후, 카토가 내리는 역 바로 앞 역에 도착했을 즈음.

그제야 자신이 얼마나 부끄러운 짓을 했는지 깨닫고 받은 정신적 대미지에서 벗어난 나는 필사적으로 용기를 쥐어짜 내면서 카토에게 말했다.

……카토와 이야기를 나누면서 이렇게 긴장한 것은 어쩌

면 이번이 처음일지도 모른다.

"으음, 언제쯤 되면 플레이할 수 있을까?"

"글쎄……. 다음 주 주말 정도?"

"꽤 오래 걸리네."

"어쩔 수 없어. 지금부터 엔딩까지의 스크립트를 짜야 하거든."

"하지만 그동안 사와무라 양도 작업을 스톱해야 하잖아?"

"뭐, 그래."

납기 직전이라 바쁜 시기에 효율 면에서 본다면 시간 낭비나 다름없는 작업을 추가했으니 스케줄에 문제가 생기는 것이 당연했다.

"그렇게 시간이 걸리는구나……. 큰일이네."

"일단 오늘 밤에는 양쪽 시나리오에서 다 쓸 수 있는 이벤트 CG를 골라서 에리리에게 보낸 후, 스크립트 작업을 시작하면……."

"그랬다간 전체적인 스케줄이 더 늦어지지 않아?"

"괜찮아. 어떻게든 될 거야."

"아키 군……."

아마 앞으로 일주일 동안, 나는 잘 시간도 없을 정도의 지옥을 경험하게 될 것이다.

하지만 카토의 제안에는 그런 무모한 짓을 감수할 가치가 있었다.

그러니 최선을 다할 수 있으리라.

우리의, 꿈을 위해서 말이다.

"저기……."

"응?"

전철이 속도를 줄이기 시작하면서, 카토가 내려야 하는 역의 플랫폼이 보이기 시작했을 때…….

"일주일이란 건, 아키 군이 혼자서 작업했을 때 걸리는 시간이지?"

"으, 응……."

고개를 숙인 채 잠시 동안 생각에 잠겨 있던 카토가 평소보다 약간 엄격한 표정을 지으면서 입을 열었다.

"그리고 집에서 혼자 일하다 이런저런 유혹에 져서 시간 낭비하는 것도 포함한 시간이지?"

"……무슨 말을 하고 싶은 거야?"

그리고 그녀가 하는 말 또한 표정과 마찬가지로 약간 엄격했다.

"그러니까 인터넷이나 애니메이션 같은 거에 빠지거나, 기분 전환 삼아 읽기 시작한 옛날 만화를 마지막 권까지 완독해버린다든가 하는 시간 말이야."

"너, 내 방에 감시 카메라 설치해뒀지?!"

약간 정도가 아니라…… 으으~.

"진짜로 농땡이 안 쳐?"

"이, 이 상황에서 그런 식으로 현실 도피를 할 리가 없잖아."

"맹세할 수 있어?"

"으……."

토요일 심야부터 일요일 아침까지의 텔레비전 방송 편성표가 내 뇌리를 스치고 지나갔다.

으음, 체크하고 있는 애니메이션이 여덟 편, 특촬물이 두 편, 그리고 정보 버라이어티가…….

"……."

"……."

그런 생각을 하는 사이, 전철 문이 열렸다.

"……."

"……으~음, 그래. 아마 맹세할 수 있을 거야."

그리고 전철 출발을 알리는 벨이 울릴 즈음에서야 내가 쥐어짜낸 듯한 목소리로 약해빠진 결의를 입에 담자, 카토는…….

"이거, 들고 가!"

"뭐……."

들고 있던 자신의 가방을 나에게 맡겼다.

"서둘러 집에 가서 갈아입을 옷을 챙긴 후에 아키 군의

집으로 갈 테니까…… 내 가방 들고 먼저 가 있어. 그럼 좀
있다 봐."

"어, 카, 카토……!"

내가 입을 열었을 때는 이미 한 발 늦고 말았다.

전철 문이 닫힌 후, 자유로워진 양손을 앞뒤로 흔들면서
전속력으로 계단을 뛰어올라간 카토는 순식간에 내 시야에
서 사라졌다.

그런 전광석화 같은, 게다가 캐릭터성이 마구 살아난 카
토를 그저 지켜볼 수밖에 없었던 나는 손에 쥔 그녀의 가방
을 바라보면서 전철 안에 멍하니 남아 있었다.

……내 넥타이를 잡고 역으로 끌어내릴 줄 알았는데, 잘
생각해보니 우리 학교 교복에는 넥타이가 없었다.

　　　　　　※　※　※

"제3장 다 됐어, 아키 군."

"좋아. 그럼 돌려보자."

그리고 그로부터 몇 시간 후인 금요일 심야.

"어때? 샘플 음악과 스탠딩 CG를 바꾸는 편이 좋을까?"

"아니, 연출은 최소한으로 줄이자. 일단 텍스트를 게임
형식으로 표시하는 것만 최우선으로 삼자고."

역에서 말한 대로 이틀 분량의 갈아입을 옷이 든 여행용

가방을 들고 우리 집에 온 카토는 인사도 대충 하고 내 방의 컴퓨터를 켰다. 그리고 익숙한 손놀림으로 스크립트를 짜기 시작하더니 지금까지 쉬지 않고 계속 일했다.

"아, 버그다."

"……뭐, 벼락치기로 작업 중이니 어쩔 수 없지. 그럼 디버깅 작업 끝나면 말해줘."

"응~."

그런 식으로 짧은 동작 테스트와 미팅을 끝낸 후, 우리는 또 컴퓨터 모니터를 바라보면서 키보드를 두드렸다.

……잘 생각해보니, 오늘은 처음으로 카토가 먼저 제안한, 게다가 다른 사람 없이 단둘만의 밤샘이라는 극적인 이벤트가 발생했는데도 좀 전부터 계속 이런 분위기였다.

하지만 그것도 어쩔 수 없다. 오늘만큼은 잡담이나 애니메이션 감상이나, 게임 플레이나, 아무에게도 말할 수 없는[^라이트노벨에는 쓸 수 없는] 비밀스러운 행위를 하면서 시간을 낭비할 수 없었다.

그것도 그럴 것이 나와 카토가 정한 새로운 목표는 이번 주말 안에 게임 부분을 완성하는 것이기 때문이다.

그렇다. 당초의 예정을 일주일이나 앞당긴다고 하는, 아비규환에 가까운 살인적인 스케줄 진행이다.

"아, 여기네. 배경 화상 파일이 없는 것 같아."

"거기에는 더미 파일을 넣어둬. 일단 플레이가 가능하게 하는 걸 우선시하는 거야."

"응. 알았어."

"이렇게 된 이상 소재 부족은 각오하자. 텍스트 부분만 신경 쓰자고. 특히 선택지 부분의 제어 같은 부분 말이야."

"그쪽도 오케이. 그래도 이 게임은 복잡한 분기가 없어서 다행이야."

"그걸 다행이라고 해도 되는 건지에 대해서는 의견이 나뉠 것 같지만 말이야……."

"자, 이쪽 수정은 끝났어. 아키 군."

"좋아. 그럼 다시 테스트해보자."

아, 혹시나 해서 말해두겠는데 오늘은 부모님이 집에 계신다고.

뭐, 2층 내 방에서 벌어지고 있는 이 상황에 대해 어떻게 생각하는지는 모르겠지만 말이다.

"우와, 또 버그가 발생했어."

"……힘내자, 카토."

※　※　※

"……하아아암~."

"슬슬 잘까?"

카토의 졸음 섞인 하품을 듣고 시계를 보니, 어느새 토요일 새벽 다섯 시가 되어 있었다.

커튼 너머의 하늘은 여전히 어둡지만, 이제 한 시간 정도 지나면 하늘이 밝아지기 시작할 것이다.

"괜찮아. 아직 진도를 거의 못 나갔잖아."

"졸리면 작업 효율이 떨어져서 더 진도가 안 나갈 거야. 아직 갈 길이 머니까 한숨 자면서 기운을 되찾는 편이 나아."

밤샘에 익숙하지 않은 카토에게는 지금부터가 힘든 시간대일 것이다.

"아냐, 괜찮아. 이럴 줄 알고 블랙커피도 사 왔어."

"커피는 생각보다 효과가 좋지 않아. 카페인을 섭취하고 싶으면 카페인 알약을 먹는 게 훨씬 나아."

"그래?"

"응. 한 알로 커피 서너 잔 분량의 카페인을 섭취할 수 있거든. 그거 열 알을 한 번에 먹으면 사흘은 잠 안 자고 버틸 수 있어."

※)복용법 및 복용량을 지키면서 이용해주십시오.

"……효과가 엄청나네. 그래도 열 알을 한 번에 먹는 건 좀 심하지 않아? 부작용은 없어?"

"없어. 그저 가슴이 빠르게 뛴다든가, 감기에 걸리지도 않았는데 계속 기침이 난다든가, 구역질이 난다든가, 사흘 동안 밤샘을 한 후에 사흘 동안 잠에서 깨어나지 않을 뿐이야."

"…………그냥 커피 마실래."

※)효능 및 부작용은 개인별로 차이가 납니다.

※　※　※

"······."

"······."

"······윽."

"그러지 말고 좀 자둬, 카토."

"아, 아직 괜찮, 아······."

현재 시각은 오후 세 시 반.

하늘에 뜬 태양이 서서히 서쪽으로 기울어가는 주말 오후.

칼0리 메이트와 커피만을 식량 삼아 자지도 않고 쉬지도 않으면서 최선을 다한 카토의 얼굴에서는 졸음뿐만 아니라 피로의 기색도 짙어져 가고 있는 것처럼 보였다.

"좀처럼 끝나지를 않네······."

"뭐, 당초 목표 자체의 허들이 꽤 높았잖아."

아마 자신이 기대한 만큼 빠르게 작업이 진행되지 않기 때문에 피로가 더 쌓이고 있는 것이리라.

뭐, 카토는 이런 밤샘 작업을 경험해본 적이 적을 테고, 나처럼 이런 좌절에 익숙하지도 않을 것이다.

그러니까 장시간 동안 계속 같은 페이스로 작업을 할 수 있을 거라고 생각했으리라.

……인간의 체력에는 한계가 있는데도 말이다.

"역시 이틀 만에 완성하는 건…… 무리였던 걸까……."

"글쎄."

작업을 시작한 후로 약 20시간이 지났다. 전체 일정의 반정도가 경과한 것이다.

그리고 작업 진행 상황은…… 전체 공정의 약 3할 정도다…….

"헛수고였던 걸까……. 괜한 짓을 한 걸까?"

"뭐, 목표를 달성하지 못해도, 지금 최선을 다해두면 나중에 편해질 거야."

"하지만 이건 아무 의미도 없는 짓일지도 모르잖아?"

확실히 좀 더 소재를 모은 후에 시작했다면 시간 낭비가 적을 거라는 것은 분명한 사실이다.

『시나리오를 평가하기 위해 일부러 게임을 플레이할 수 있게 짜 맞춘다』는 공정을 뺀다면 작업 시간을 며칠은 단축할 수 있을 것이다.

"미안해, 아키 군. 어제 멋대로 흥분해서 그런 소리 해놓고, 지금은 분위기만 가라앉히고 있네……."

카토는 자신이 세운 목표에 짓눌려 버린 것처럼 우는소리만 계속 하고 있었다.

하지만…….

"의미라면 있어. 그러니 헛수고는 아냐."

"뭐……."

"걱정하지 마. 카토가 한 말은 하나도 틀리지 않았어."

불가사의하게도 아직 졸음이 오지 않은 나는 조용히, 하지만 자신감과 확신이 담긴 목소리로 말했다.

"게임으로서 플레이해보면 뭔가를 알 수 있을 거야."라고…….

"어째서 그렇게 생각하는 거야?"

"그렇지 않다면 이런 그림 연극 게임이라는 장르가 여태까지 살아남았을 리가 없어."

모처럼 여기까지 달려왔는데, 이제 와서 브레이크를 밟을까 보냐. 브레이크를 밟는 것도 귀찮단 말이다.

"시나리오만으로는 게임이라고 할 수 없어. 그림, 노래, 그리고 유저가 이야기에 개입하기 위한 프로그램이 없으면 읽을 수조차 없어."

모처럼 나와 함께 달릴 마음이 든 카토를, 이제 와서 내팽개칠 것 같아? 그런 아쉬운 짓을 왜 하냐고.

"모든 요소가 얽히고, 그것들 중 어느 것도 돌출되지 않으면서, 은근하게 서로에게 작용하며, 최종적으로는 시나리오에 몰두하는 것을 돕는다……. 그것이 다른 오타쿠 미디어에는 존재하지 않는 '그림 연극 게임'이라는 문화야."

"아키 군……."

"그것을 통해서만 느낄 수 있는 세계라는 건 카토의 말대로 분명 존재해. 그러니까 이 장르는 지금까지 살아남은 거야."

"……."

역시 나는 믿는다.

게임을 통해서만 느낄 수 있는 진실을, 진상을, 그리고 감동을.

그리고 나는 믿는다.

이오리가…… 『rouge en rouge』가 "지금은" 우위에 서 있다고 말할 수 있게 한, 그 자신감을.

그 천재 동인 파락호의 말이니 분명 뭔가가 있을 것이다.

우리가 놓치고 있는 중요한 뭔가가 말이다.

"그러니까, 카토……."

"……."

카토는 바로 반응을 보이지 않았다.

그저 천천히 몸을 일으킨 그녀는 방구석으로 걸어가더니, 무너지듯―.

"카토……?"

―침대에 대자로 드러누웠다.

"……미안, 아키 군. 두 시간 후에 깨워줘."

"뭐~?"

하필 내가 중요한 이야기를 하고 있을 때 에너지가 완전히 바닥나 버린 것 같았다.

　게다가…… 내가 그 점에 대해 딴죽을 날리려고 한 순간
에는, 고른 숨소리를 내며 편안하게 잠들어 있었다.

※　※　※

　"코올, 코오올……."

　"크으으으……."

　"저기, 잠깐만."

　"으…… 으응."

　"으으응, 으그그그……."

　"토모, 좀 일어나 봐."

　"코오오오올……."

　"으그으으으……."

　"일어나라구우우우우웃~~~!!!"

　"우왓?"

　"으그으으으으으으으으으으으윽~~~!!!"

　꽤나 위협적인 고함 소리가 고막을 뒤흔든 느낌이 든 순
간, 목 언저리에서 과거의 트라우마를 되살아나게 만드는
초크 슬리퍼의 감촉이 느껴졌다.

　"역시 이런 거였구나~! 2차원 오타쿠라는 건 위장막이었
던 거네~! 이 거짓말쟁이 리얼충 자식~!"

그리고 등을 통해 최근의 트라우마를 되살아나게 만드는 부드럽고 탄력 넘치는 두 물체의 감촉이 느껴진 순간…….

"자, 자, 잠깐…… 밋짱, 항복항복항복!"

이 습격범의 정체가 명백하게 밝혀졌다.

"으응…… 어, 효도 양?"

즉, 언제나 아무 예고도 없이 쳐들어오는 미치루가 오늘도 자기 룰을 충실하게 따른 것 같았다.

"아, 누군가 했더니 카토 양이잖아. 뭐가 어떻게 된 거야? 너희 둘, 언제부터 이런 사이였던 건데?!"

"으음, 어젯밤부터였나? 학교에서 돌아오자마자 여기에 왔으니까……."

그건 그렇고, 너희들…….

우선 너희 사이에 존재하는 인식 면에서의 차이를 해결한 후에 대화를 나누라고.

※　※　※

현재 시각은 오후 일곱 시.

두 시간만 휴식을 취할 예정이었는데 한 시간 반이나 초과하고 말았다.

"오호라. 게임 제작 합숙이구나~."

나와 카토가 오늘에 이르기까지의 자초지종을 듣고 바로

납득한 미치루는 평소처럼 카토에게서 침대를 탈환하더니 그 위에 양반다리를 하고 앉았다.

……그러면서 "뭐, 그때 토모가 보여준 한심한 꼴을 생각하면 당연한 걸지도 몰라." 하고 쓴소리를 하는 것도 잊지 않았다.

착각하지 말그래이. 그건 한심하고 안 하고의 문제가 아니라 긍지 문제대이.

"그래서 결국 시간 안에 끝낼 수 있을 것 같아?"

"그게, 꽤 힘든 상황이야."

"둘 다 엄청 자버렸거든."

"……먼저 잠든 사람은 카토잖아."

"맞아. 아키 군이 깨워줄 거라고 믿은 내 잘못이야. 미안해."

"…………알았으면 됐어."

카토 녀석. 잠시 눈 좀 붙인 덕분에 평소의 멍함을 되찾았군.

"흐음~ 그렇구나~. 아~ 그거 곤란하게 됐네~. 골 때리네~."

우리의 대화를 들은 미치루는 걱정하는 듯한 코멘트를 남기면서 기타를 쳤다.

그녀가 연주하는 멜로디는 우쿨렐레 만담에서 자주 쓰이는 바로 그 멜로디였다.

흥미 없다는 티를 팍팍 내고 있잖아······.

"아무튼 미치루. 네 덕분에 살았어······."

"그렇지~? 내가 안 왔으면 너희는 내일 아침까지 계속 잤을 거야."

하지만 미치루. 얕보지 말라고······.

나도 카토와 마찬가지로 충분한 휴식을 취했단 말이다.

"그뿐만 아니라, 나한테는 네가 2차 창작 사이트의 삼류 SS작가가 자신의 SS에 흔히 등장시키는 최강의 착각 오리지널 캐릭터처럼 보여."

"······미안하지만 무슨 말을 하는 건지 전혀 모르겠어."

"뭐, 알기 쉽게 말하자면, 처음부터 세계의 밸런스를 무너뜨릴 수 있을 정도의 치트 급 능력을 지닌 히어로 같다는 거야."

어떻게 하면 이 절체절명의 위기를, 그것도 애드리브로 극복할 수 있을 것인가······. 내 머리는 현재 엄청난 기세로 다시 계산하고 있다고.

"그래. 너라면······ 너만 있으면, 이 절망적인 게임 판을 뒤집을 수 있는 대역전의 한 수를 둘 수 있어!"

"어, 어~? 하지만 내가 할 줄 아는 거라고는 기타 연주랑 작곡뿐이야. 컴퓨터 같은 건 완전 젬병이란 말이야."

"아니, 걱정하지 마······. 너에게는 너에게 어울리는 역할이 있어······."

나는 머릿속으로 어떤 이미지를 완성해나가고 있었다.

나와 카토가 둘이서 노력하는 것보다도, 아주 조금 더 건설적인 비전이 보였다.

"지금부터 너는…… 네고시에이터가 되어줘야겠어."

"네, 네고…… 뭐?"

"협상가라는 뜻이야. ……네 밴드 멤버…… 그 오타쿠 트리오와의 협상을 맡아달라는 거지!"

"뭐, 뭐어? 그 애들이 왜 갑자기 튀어나오는 거야?!"

그런 얼빵한 반응을 무시한 나는 미치루가 소속된 애니메이션송 계열 록밴드 『icy tail』의 멤버들을 차례차례 떠올렸다.

에치카에게는 프로그램 경험이 있었다…….

학교 수업 중에서도 PC 관련만은 성적이 좋다고 자랑했었다.

게다가 토키와 란코도 상당한 수준의 게이머였다.

소재 리스트 만들기, 테스트 플레이 등…… 시킬 일은 얼마든지 있었다.

"할 수 있어……. 다들 미치루보다 몇만 배는 도움이 될 거야!"

"으…… 나 그냥 돌아갈래!"

"아니, 돌려보내지 않겠어, 미치루! 네가 그 애들의 협력을 얻어내는 거야! 집에 작업 환경이 있는지 확인해봐! 없으면 여기로 불러! 안 그러면 앞으로 『icy tail』의 매니지먼트를 하지 않을 거야!"

"토모는 항상 이런 시추에이션에서만 나를 잡는다니깐~!"

"아~. 나는 이 틈에 목욕 좀 하고 올게."

※　※　※

그로부터 하루 동안 지금까지 이상의 수라장이 펼쳐졌다.

하지만 토키와 에치카, 란코가 흔쾌히 협력해준 덕분에 작업은 극적일 만큼 빠르게 진행되었다.

특히 에치카는 정말 유능했다. 이 정도 실력인 줄 알았으면 처음부터 서클 멤버로 영입할 걸 그랬다는 생각이 들 정도의 활약상을 보여줬다.

……뭐, 일요일에 데이트 약속이 있었던 탓, 매사에 절망적일 정도의 독기가 서려 있었지만 말이다.

모두가 발휘하고 있는 평소 이상의 힘을 최후의 최후까지 결집시킨 결과.

요일이 월요일로 바뀌기 5분 전…….

드디어 우리 게임의 α판이 완성됐다.

그리고…….

　　　　　※　※　※

"그런 거구나……."

　모두가 돌아간 뒤. 축제가 끝난 후처럼 을씨년스러운 분위기가 감도는 내 방.

　폭풍처럼 지나간 주말 다음 날의 아침.

"그런 거였냐, 이오리……."

　한숨도 자지 않으면서, 지각 일보 직전까지 버티면서.

　우리 꿈의 결정을, 겨우겨우 컴플리트한 후…….

　나는 이 작품에 어울리는 짧은 감상을 입에 담았다.

"이게 뭐야……. 완전 쓰레기 게임이잖아."

제5장

그러고 보니 최종장의 무대를 아직 정하지 않았던가

"토모야."

"……으응."

"어이, 토모야!"

"……으응?"

점심시간이라 시끌벅적한 교실.

그 격동의 주말로부터 며칠이 지난 후, 목요일.

1교시 수업 때부터 당당히 책상에 엎드려 점심도 먹지 않고 잠만 죽어라 자는 나를 누군가가 인정사정없이 흔들어 깨웠다.

"저기, 좀 물어보고 싶은 게 있는데 말이야."

"……마침 잘 왔어, 요시히코. 나의 귀중한 수면 시간을 빼앗은 벌로써, 너에게는 내가 먹을 카레 빵을 사 올 영예를 내려주마."

"기뻐해야 하는 건지 부끄러워해야 하는 건지 알기 힘든 임무네."

그렇게 투덜대면서 남자 클래스메이트 A인 카미고 요시히코는 테이블 위에 멜론 빵을 올려놓더니, 내 눈앞에 있는 의자에 앉았다.

"그런데 물어볼 게 뭔데?"

나는 그의 헌신에 보답하기 위해 300kcal 정도만 대화에 응해주기로 했다.

"너, 이번 주 들어서 학교에서 계속 잠만 잤잖아. 요즘 좀 피곤한 거야?"

"맞아. 좀 바쁘거든."

그렇다. 그 격동의 주말을 돌파했는데도 불구하고 한숨 돌리기는커녕, 더욱 바빠지고 있었다.

집에서는 거의 잠도 자지 않으면서 아침까지 머리를 굴려댔고, 바닥을 굴러다니며 고통스러워했으며, 위가 엄청 쓰려오는데도 계속 키보드를 두드려댔다.

그래서 요시히코가 말한 대로 이번 주 내내 학교에 와서는 밤에 빼앗긴 체력과 정신력을 회복시키는 데 주력했다.

"뭐, 짐작은 돼! 올해도 여러모로 준비 중인 거지?"

"……뭘 말이야?"

내가 처한 상황을 아는지 모르는지, 아니 전혀 알지 못하는 게 분명한 이 녀석은 짜증 날 정도로 의기양양한 표정을 지으면서 내 등을 두드렸다.

젠장, 덕분에 100kcal 는 헛되이 낭비했군.

"올해는 뭘 할 거야? 나한테만 몰래 가르쳐줘."

"으음, 그러니까 대체 무슨 소리를 하는 거야……?"

"문화제 때 할 이벤트 말이야. 벌써 내일이라고."

"아…… 그렇구나."

맙소사…… 벌써 그런 시기가 된 것인가.

그래서 내가 이번 주 들어 수업 중에 계속 잠만 자도 다른 사람들이 아무 말도 하지 않은 것이다.

……뭐랄까 설정을 억지로 가져다 붙인 것 같다고나 할까, 편의주의적이라는 느낌이 들지만, 그렇다고 해도 대놓고 말하고 다녀서는 안 된다.

"작년에 한 애니메이션 상영회를 또 하면 식상할 테니까 말이야. 토모야 너, 다른 사람들의 간담을 서늘하게 만들 서프라이즈 이벤트를 준비하고 있는 거지?"

"아니, 올해는 아무것도 안 할 거야."

"말도 안 되는 소리 하지 마~. 도와줄 일이 있으면 협력할 테니까, 올해의 기획이 뭔지 가르쳐달라고!"

"으음, 그러니까……."

작년 문화제 때, 100% 소비형 오타쿠였던 나는 사전 준비와 협상에 무지막지한 시간과 수고를 들인 끝에 시청각실을 점거해 학교 공인으로 애니메이션 마라톤 상영회를 개최했다.

동서고금의 내 추천 작품만을 끝도 없이 상영하고, 막간에 내가 짜증 나는 해설을 하기만 한 그 느긋한 이벤트는 작년 교실 개최 이벤트 중에서 최대 관객 동원수를 기록했다고 한다.

하지만 올해는…….

생산형 오타쿠로 비상하기 위해, 지금도 계속 발버둥치고 있는 나는…….

"뭐, 그건 그렇고 올해 문화제도 정말 기대되는걸."

"응? 그, 그래."

내가 뭐라고 설명할지 고민할 짬도 주지 않으면서, 요시히코의 문화제 토크는 다음 화제로 넘어갔다. 정말 못 말리겠군.

이런 녀석은 내가 진짜로 이벤트를 기획해도 말만 앞서지 절대로 돕지 않을 것이다.

"올해의 미스 토요가사키 말인데, 항간의 소문으로는 꽤나 접전인 것 같더라고. 뭐, 디펜딩 챔피언인 사와무라가 출전하지 않으니 진정한 퀸은 가릴 수 없을 것 같지만 말이야."

"호, 호오……."

그러고 보니 작년 우승자는 표창대 앞에서 금발 위에 금관을 얹은 채 연기 티 팍팍 나는 표정으로 옅은 미소를 지었지.

"그래도 사와무라가 출전하면 작년을 비롯해 3연패가 확실시되니 재미가 없을 거야. 정말 이러지도 저러지도 못하겠네."

그렇다. 3연패는 좀 그렇다. 그렇게 되면 앞으로의 인생에서는 패배자로 살게 될 것이다. 아, 어디까지나 일반론이지만 말이다.

"그런데 너는 후야제 때 누구와 포크 댄스를 출 거야? 물론 허그 베개가 아니라 살아 있는 여자애 한정으로 말이야."

"……그런 비유가 나오는 시점에서 내가 포크 댄스에 참가할 거라는 가능성을 배제하라고."

"하지만 여자 쪽에서 댄스 신청을 해 오면 어떻게 할 건지 생각해본 적은 있지? 이 학교에서 그건 『저와 사귀어주세요.』라는 의미잖아."

뭐랄까…… 선혈의 결말이 기다리고 있을 듯한 전설이군.

"맞아. 그러고 보니 올해 연극부는 작년에 했던 연극을 또 한다더라고."

그건 그렇고, 이야기가 어디로 튈지 알 수 없는 녀석…… 잠깐만.

"뭐? 작년에 한 연극을……?"

"하긴, 작년 연극이 꽤 평판이 좋았던 것 같으니까 말이야. 뭐, 『전설의 무대』라고 불리는 것 같던데?"

"아, 그래⋯⋯."

그러고 보니 나도 그 소문을 들은 적이 있었다.

아니, 실은 나도 직접 봤었는데, 그런 소문이 도는 것도 납득이 될 만큼 재미있는 연극이었다.

하지만 그것은 인격 파탄인 부장의 솔로 연극이 엄청나서 재미있었던 게 아니라⋯⋯.

"소문에 따르면, 유명한 작가가 대본을 써줬다는 것 같아. 진짜인지 아닌지는 모르겠지만 말이야."

그렇다. 각본이 전국대회에서 상을 받을 만큼 엄청났기 때문이다.

그리고 작년에 한 연극을 또 하는 진짜 이유는, 그 각본가가 너무 바빠서 연극부에 신작을 제공하지 않았기 때문이리라⋯⋯.

※　※　※

"아키 군."

"⋯⋯으응."

"저기, 아키 군."

"⋯⋯으응?"

내가 고개를 숙인 채 아무 말 없이 생각에 잠겨 있자, 그 녀석은 내 어깨를 흔들면서 나를 불렀다.

하지만 300kcal 의 의무를 다한 내가 언짢은 표정을 지으면서 이미 이야기는 끝났다는 듯이 정면을 바라보자…….

"……어라, 요시히코? 너, 잠시 못 본 사이에 꽤나 존재감이 옅어졌구나."

"어떤 상황인지 전혀 파악하지 못했으면서도 딴죽은 포인트를 집으면서 날리네, 아키 군."

나를 멍하니 쳐다보고 있는 포니테일 소녀와 눈이 마주쳤다.

그리고 주위를 둘러보니, 저녁노을에 물든 교실 안에는 나와 이 소녀…… 카토 외에는 아무도 없었다.

오후 수업을 들은 기억조차 내 머릿속에 남아 있지 않잖아…….

※　※　※

평소보다 조금 늦게 하교한 우리는 역으로 향했다.

"너랑 이렇게 이야기를 나누는 것도 정말 오래간만이네, 카토."

"매일 얼굴을 마주하기는 했어. 아키 군이 졸려 보여서 이야기를 나누지는 못했지만 말이야."

"안 잤어~. 이번 주 들어서는 한 숨도 안 잤어~."

"학교에서 내가 본 것만 해도 매일 여섯 시간은 자는 것 같던데."

"너, 설마 매일 여섯 시간씩 나를 지켜보고 있었던 거야?"

"으음, 잠깐만. 분명 3페이지에…… 『바, 바보 아냐~? 내가 왜 너 따위를 지켜보냐구~.』"

"그런 대사는 좀 외워. 대체 언제까지 커닝 페이퍼를 확인할 거야?"

나흘 만에 대화를 나눈 우리는 지난 주말의 뜨거운 분위기가 전부 꿈이었던 것처럼, 평소와 다름없는 대화를 나누고 있었다.

요즘 들어서는 나도 카토와 대화를 나눌 때 텐션을 올리는 게 귀찮아졌다. 이건 과연 잘된 일인 걸까, 그렇지 않은 걸까…….

"저기 말이야, 아키 군."

"응?"

"게임, 완성됐지?"

"뭐, 아직 α판에 불과하지만 말이야."

"그럼 끝까지 플레이해봤어?"

"그래. 월요일 아침에 컴플리트했어."

"빠, 빠르네. 나는 어제 겨우 다 깼어."

"……뭐, 뭐어, 게이머로서 쌓아온 내공이 다르니까 말이야."

나는 아무렇지도 않은 듯이 받아넘겼지만, 카토가 방금

한 말은 나에게 있어 꽤 의외였다.

이 녀석, 진짜로 플레이했구나······.

확실히 지난주의 긴급 합숙은 카토의 제안으로 시작됐지만, 그 제안은 나에 대한 협력에서 비롯된 것이라고 생각했다.

하지만 카토는 현재 서클의 중심 스태프로서, 나와 에리리와 우타하 선배와 마찬가지로 이 작품을 재미있게 만들기 위해 필사적으로 노력하고 있었다.

그런 그녀의 진심은 나를 감동하게 만들고도 남을 수준이었다.

······뭐, 그 진심이 표정에 전혀 드러나지 않는 점이 문제지만 말이다.

"그럼 말이야."

"응?"

"플레이해봐야만 알 수 있는 무언가······를 찾았어?"

"······응."

"그래. ······아키 군도 눈치챘구나."

"그럼 카토도······?"

"응······."

그리고 그 진지함과 더불어 카토 안에서 꽃피어난 오타쿠력이 감동을 자아냈다.

설마, 도달한 것이냐······.

그 시나리오에 숨겨진, 게임으로서 플레이해봐야만 알 수 있는 "무언가"에 말이야.

"그런데 아키 군은 어떻게 할 거야? 답을 내놔야만 하잖아?"

"······알아."

그렇다. 알고 있다.

내가 정해야만 한다는 사실을 말이다.

"그래. 선택했구나······. 카스미가오카 선배에게, 답을, 알려줄 거구나."

그리고 전해야만 한다. 그녀에게.

"그래. 나는 서클 대표이자, 게임 제작 활동의 책임자이자······."

"그리고 남자잖아."

"으, 응······?"

"그런데······ 그런데 말이야, 아키 군."

좀 전까지의 멍함이 아주 약간이나마 얼굴에서 사라진 카토는, 아주 약간 상기됐고, 아주 약간 긴장했으며, 그리고, 아주 약간 쓸쓸해 보이는 표정을 지었다.

"메구리와 루리 중······ 누구를 선택할 거야?"

그래서 나도 각오를 다지면서 단호하게 선언했다.

"어느 쪽도 선택하지 않아. 그리고 양쪽 다 선택할 거야."

"…………뭐?"

내 작품의 근간을 이루는, 중요하기 그지없는 결론을 말이다.

"나, 알았어……. 드디어, 눈치챘다고!"

"아, 으음, 잠깐만…… "네가, 너희가 내 날개다!" 같은 거야?"

"커닝 좀 그만 하라고……."

카토는 나의 고귀하면서도 묵직한 결론을 듣자마자, 평소의 멍함을 되찾았다.

아니, 그 커닝 페이퍼에 수록된 대사는 대체 어떤 기준으로 고른 거야?

"내가 찾은 건 히로인 중 한 명을 반드시 선택해야 하는 이지선다적인 문제가 아냐. 좀 더 본질적인, 이 게임이 안고 있는 커다란 문제를 드디어 알아냈다고!"

하지만 카토는 세기의 대발견이라고도 할 수 있는 충격적인 사실을 내가 밝혔는데도 불구하고, 엄청 미묘하면서도 거북한 표정을 지으면서 머뭇머뭇 질문을 던졌다.

"으음, 그 점에 대해 좀 더 자세하게 설명해주지 않겠어?"

※　※　※

"우와~. 엄청 골치 아픈 이야기를 듣고 말았어."

"그게 무슨 소리야?!"

나는 카토가 원하는 대로 자세하게 설명해줬다.

내 선택과, 우타하 선배에게 해줄 대답, 그리고 이제부터 자신이 해야 하는 일을.

진지하게, 마음을 담아, 한 점의 거짓도 섞지 않으면서 말이다.

……그러자 카토는 멍한 정도가 아니라 아예 질린 듯한 표정과 태도를 취하면서 내 얼굴을 뚫어져라 쳐다본 후, 어이없다는 듯이 한숨을 내쉬었다.

우와~. 이 녀석, 엄청 짜증 나는 방향으로 캐릭터성이 살아나고 있잖아.

"으음, 뭐라고 할까……. 그래. 아키 군의 의견은 서클 대표로서는 옳을지도 모르지만, 게임 제작 활동의 책임자로서는 날카로운 의견일지도 모르지만, 세상일이라는 건 그렇게 뜻대로 잘 풀리기만 하지는 않아."

"……으음, 그 점에 대해 좀 더 자세하게 설명해주지 않겠어?"

게다가 언동 또한 빈정거림 캐릭터로서 각성한 것 같았다.

"아니, 됐어. 아키 군은 자신이 옳다고 생각하는 방향으로 나아가면 된다고 생각해. 설령 그게 엄청 엇나간 방향일지라도 말이야."

"뭐어어어어어~?! 왜 그런 반응을 보이는 거야?!"

사흘 밤낮을 새우며 진심으로 고민하고, 어떻게 하면 좋을지, 그리고 앞으로 벌어질 일까지 고려한 끝에…….

"괜찮아. 설령 얼간이, 둔탱이, 쓰레기, 병신 주인공 같은 소리를 들으며 경멸 당하더라도 분명 아키 군을 이해해주는 사람도 있을 거야. 극히 일부겠지만 말이야."

"그 일부에 누가 포함되어 있는 거야? 누구냐고?!"

그 결과, 서클을 위해 가장 올바른 선택을 했다고 생각했는데…….

"그럼 나는 먼저 돌아갈게. 앞으로 어떻게 할지를 좀 생각해봐야 할 것 같거든."

"그러니까 그게 무슨 소리야?! 우리 서클은 앞으로 어떻게 되는 건데? 응?!"

그런데, 왜, 이렇게 되어버린 걸까…….

제6장

파괴와 재생의 문화제←

그리고, 그날이 왔다.

11월 하순, 금요일.

오늘부터 시작되는 토요가사키 학원의 가장 긴 사흘……
토요가사키 학원 문화제 날이 말이다.

체육관에서 열린 개회식이 끝난 후 각 교실에서 손님을
부르는 목소리가 흘러나오자, 교내는 어느새 시끌벅적한 분
위기로 가득 찼다.

이곳 토요가사키 학원은 비교적 자유로운 교풍을 자랑하
는 꽤 인기 있는 사립 고교다. 그래서 그런지 문화제 때는
이 지역과 다른 학교에서 수많은 일반 손님들이 몰려와 시
끌벅적해지기로 유명했다.

그래서 약간 과잉스러울 정도로 시끌벅적한 이 분위기는
마지막 날인 후야제 포크 댄스 때까지 계속 된다.

"어이, 토모야. 너, 올해는 몇 시부터 상영회를 하는 거야? 팸플릿에 안 적혀 있던데?"

"그러니까 올해는 아무것도 안 한다고 했잖아……. 미안하지만 나 지금 바쁘니까 먼저 간다."

나는 이런 축제 분위기에 휩쓸리지 않은 채 홀로 복도를 달리……는 건 교칙에 위반되기 때문에 빠른 걸음으로 걸었다.

나흘 동안 밤샘을 한 탓에 눈은 부을 대로 부었고 온몸은 나른했다. 축제를 즐길 컨디션이 아니었다.

하지만 지금 나에게는 반드시 해야만 하는 일이 있다.

반드시 오늘 안에 찾아내서, 내일 안에 이야기를 매듭지은 후, 모레까지는 결판을 내야만 하는 사람이 있다…….

하지만 내가 찾는 상대는 오전 동안 계속 찾아다녔는데도 불구하고 코빼기도 보이지 않았다.

전화를 걸어도 받지 않았다. 메일을 보내도 답장이 오지 않았다. 그리고 자신의 교실에도 없었다.

그 사람은 완전히 내 앞에서 모습을 감췄다.

"어, 오타쿠 군? 메구미와 같이 있지 않았구나. 그 애, 오늘은 보이지 않네."

"그 녀석은 언제 어느 때나 주의를 기울이지 않으면 찾을 수가 없다고."

아, 혹시나 해서 말해두는데. 내가 찾는 상대는 방금 나눈 대화에서 은근슬쩍 거론된 녀석이 아니다.

아무튼, 오전을 허비하고 만 나는 아무리 갈구해도 그녀를 만나지 못했다는 사실 탓에 초조함과 허망함을 느끼면서도, 머릿속 한편은 의외로 느껴질 만큼 차분했다.

왜냐하면 알고 있기 때문이다.

때가 되면 반드시 만날 것이라는 사실을.

싫어도 결판을 내야 한다는 사실을.

그저, 그 시기가 되려면 아주 약간 멀었다는 사실을.

그렇다. 분명, 그곳에는 올 것이다.

왜냐하면, 아무리 재공연일지라도, 그 사람이, 자신의 아이가 무대에 오르는 모습을 보지 않을 리가 없으니까⋯⋯.

※　※　※

오후 세 시로부터 15분 정도 지난 체육관.

막간의 휴식 시간. 약간의 술렁거림만이 울려 퍼지고 있는 이곳은 정적이 흐르고 있는데도 불구하고 기묘한 열기를 띠고 있었다.

그것은 이제 곧 시작될 연극에 대한 기대감이 무지막지하게 크기 때문에⋯⋯.

"……이 자리, 비었습니까?"

"……응."

그런 와중에 운 좋게도 가장 앞줄에 딱 하나 존재하는 빈자리를 발견한 나는 그 옆자리에 앉은 장발의 여성에게 말을 걸었다.

"오래간만, 이네요."

"그래."

무대 위에서는 연극 시작을 위해 서둘러 세트를 준비하고 있었다.

오늘은 라이브 공연 같은 경박한 무대는 하나도 없으며, 문화제라는 본래 취지에 걸맞은 문화부의 성과 발표가 메인이었다.

"겨우 2주 정도밖에 안 지났는데, 꽤나 시간이 흐른 것 같아요."

"그, 래."

그리고 지금부터 시작되는 것은 그중에서도 하이라이트 라고 할 수 있는 연극부 발표다…….

"그러고 보니……."

"응?"

"작년에도 이거 같이 봤었잖아요."

"……그랬, 었어?"

그리고 모든 준비가 끝났는지 체육관 안의 조명이 일제히

꺼지자, 이곳에 있는 모든 이들이 스포트라이트를 받고 있는 무대 위를 주목했다.

그리고 그 타이밍에 맞춰 연극의 개막을 알리는 내레이션이 흘러나왔다.

"오래 기다리셨습니다. 그럼 지금부터 연극부에서 준비한 연극, 『와고 랩소디』를 시작하겠습니다. 각본, 카스미가오카 우타하, 연출⋯⋯."

그렇다. 작년 문화제에서 처음 선보이고 엄청난 갈채를 받았으며, 그 후 연극 콩쿠르에서도 각본상을 수상한 이 작품은 우타하 선배의 연극 데뷔작이자, 현재 유일한 각본 참가 작품이다.

⋯⋯그런 전설의 연극을 소설 집필 중에 자투리 시간을 이용해 써낸 각본가는 현재 내 옆자리에서 무표정한 얼굴로 무대를 올려다보고 있었다.

※　※　※

작년 문화제 때 내가 기획한 애니메이션 마라톤 상영회는 사흘 동안 계속 개최됐지만, 실은 첫날 오후 세 시부터 두 시간 동안만 주최자의 사정으로 중단됐다.

그리고 그 시간, 나는 이 장소에서 지금 옆자리에 있는 사람과 함께 이 연극을 봤다.

"이 연극, 여전히 처음부터 텐션이 정말 높네요."

"대사량이 너무 많아 대본이 엄청 두꺼워졌다면서 연극부 부장이 우는소리를 했었어."

"아니, 우는소리를 한 건 그 이유 때문만은 아니라고……."

실은 문화제 전에도 선배를 따라가서 연극 연습을 견학한 적이 한 번 있었다.

그때가 바로 내가 우타하 선배의, 아니, 카스미 우타코라는 작가의 무시무시함을 처음으로 접한 순간이었다…….

그날 세 시간 정도의 연습 시간 동안 내가 본 것은 전체 신의 1할 정도이며, 연극 시간으로 치자면 겨우 5분 정도밖에 되지 않았다.

……하지만 그 5분가량의 연극에서 서른 번이나 NG를 내고, 최종적으로 연극부 부원 셋을 도망치게 만든 것은 악마 각본가의 낮은 분노가 서린 "그게 아냐……."라는 중얼거림이었다.

우타하 선배는 큰 목소리로 화를 내거나, 과장스러운 손짓 발짓으로 연극 지도를 하는 등의 화려한 퍼포먼스는 선보이지 않았다.

그저 약간의 뉘앙스 차이와 템포의 어긋남을 결코 용납하지 않으며, 자신이 의도한 연극이 될 때까지 집요하게 연습을 반복시켰다.

그 까다로움과 고집 때문에 화가 난 부원들이 반론을 해도, 그녀는 자신의 뜻을 꺾거나 사과하지 않았다. 그저 연기의 문제점과 각본에 대한 이해 부족, 그리고 실력 부족을 낮은 목소리로 세세하게, 악랄하게, 얼음 칼날 같은 목소리로 차례차례 말했다.

겨우 학교 연극부 활동 경력밖에 없는 부원들이 출판사 공모전에서 신인상을 탄 상업 작가에게 어휘로 이길 수 있을 리가 없었다. 결국 마음이 꺾인 그들은 차례차례 격침되어 갔다……

"몇 번을 봐도 이 연극의 각본은 재미있네요."

"……이 연극이 재미있는 건 배우들 덕분이야. 재미를 느꼈다면 연극부 부원들을 칭찬해줘."

지금 무대 위에 서 있는 이들은 그 지옥 같은 연습을 견뎌내고, 1년 동안 이 연극을 해온 마조히스트…… 정예 멤버들이니 칭찬하지 않을 수 없었다.

덧붙여 말하자면 그 지옥 같은 연습이 끝난 후, 추가로 세 시간 동안 악마 각본가의 푸념을 들어야 했던 당시의 나도 칭찬해줬으면 한다.

그러고 보니…… 이 악마 모드 우타하 선배에게 맨투맨으로 지도를 받고도 정신적으로 무너지지 않은 메인 히로인도 있었지.
_{1권 6장 참조} _{카토 메구미}

그 녀석, 어쩌면 마음이 무지막지하게 강한 녀석일지도

몰라……. 뭐, 딱히 신경 쓰지 않는 것뿐일지도 모르지만 말이야.

"……말해봐."

"응?"

"할 이야기가…… 있는 거지?"

"아……."

"결론이 나온 거잖아? 그래서 나를 만나러 온 거지?"

"하지만 지금은……."

눈앞에 펼쳐지고 있는 연극을 보니, 대사가 빨라지고, 텐션이 높아지고, 액션이 뜨거워지면서 점점 열기를 더해가고 있었다.

원래부터 레벨이 높았을 뿐만 아니라, 1년 동안 다듬어지고 숙성된 이 연극에 다른 관객들은 완전히 빠져들었다.

잠시 눈을 떼는 것조차 안타까운 광경이 눈앞에서 펼쳐지고 있는데, 우리는…….

"괜찮아. 몇 번이나 봤어."

"정말요?"

그렇다면 왜 일부러 가장 앞줄에…….

"게다가…… 윤리 군의 대답을 들을 때까지는 연극에 집중하지 못할 거야."

"아……."

나는 깜짝 놀란 표정을 지으며 우타하 선배의 얼굴을 응시했다.

지금까지는 내 생각만 하느라 눈치채지 못했지만…… 그녀의 얼굴은 상기되어 있었고, 이마에는 희미하게 땀방울이 맺혀 있으며, 온몸은 딱딱하게 굳어 있었다.

게다가 다리도 여전히 떨어대고 있었다. 그야말로 긴장할 대로 긴장한 것 같았다.

"이미 각오는 했으니까 걱정하지 마. 사형 선고라면 빨리 내려줘."

"사형이라니……."

농담하는 듯한 말투로 그 말을 부정하려던 나는…….

다음 순간, 자신이 얼마나 잔혹한 짓을 하려 하는 것인지 깨달았다.

그렇다. 우타하 선배의 말은 과장이 아니었다.

그것도 그럴 것이, 선배 입장에서 본다면 혼신의 힘을 다해 쓴 두 개의 시나리오 중 하나를 이 세상에서 지우는 것이니까 말이다.

크리에이터에게 있어, 자신의 창작물이 빛을 보지 못한 채 사라지는 것은 자신의 몸이 잘려나가는 것보다도 힘든 일일지도 모른다.

"윤리 군은 어느 쪽을 선택했어? 초기 원고? 아니면 개정 원고?"

"으……."

이제 와서, 이제까지보다 더 긴장이 되었다.

이 선택이 얼마나 무거운 것인지는 알고 있다.

하지만 내 상상 이상으로 우타하 선배가 이 선택을 무겁게 받아들이리라는 사실을 알기에, 더욱 강렬한 압박감을 받고 있었다.

그것도 그럴 것이, 내 선택은…….

"메구리? 아니면…… 루리?"

그 두 개의 선택지를 부정하는 것이나 다름없기 때문이다.

이미 각오를 다진 선배에게 깊은 상처를 남길지도 모르는 것이다.

"재작업이에요……. 다시 써요."

그렇다. 그것은 사형선고보다도 더 힘든, 강제 노동 형벌이다…….

"……."

"……."

체육관은 뜨거운 박수와 환성으로 가득 찼다.

연극의 제1부가 종료되면서 가져온 충격, 그리고 제2부를 향한 기대감이 수많은 관객들의 텐션을 끌어올렸다.

그렇다. 박수치고 있지 않은 이는, 미소 짓고 있지 않은 이는, 이 체육관 안에 단 두 명뿐인 것은 아닐까 하는 생각이 들 만큼, 뜨거운 분위기였다…….

"······왜?"

"우타하 선배······."

그래서일까. 우타하 선배의 그 작은 중얼거림은 객석의 환성이 겨우 잦아든 후, 즉 몇 분 후에야 들렸다.

"뭐가 문제인 거야? 그 시나리오의 뭐가 잘못된 건데?"

"둘 다 신급이라고 해도 될 만큼 최고였어요."

그렇다. 둘 다 정말 재미있었다.

초기 원고는 즐겁고, 재미있으며, 상쾌함이 느껴질 정도로 엔터테인먼트한 데다, 메구리가 귀여웠다.

개정 원고는 안타깝고, 괴로우며, 위가 아파 올 정도의 흡입력을 지닌 스토리인 데다, 루리가 애절했다.

"그럼······ 그럼, 왜······."

"하지만, 그 시나리오에는 게임으로서 치명적인 문제가 있어요."

정말 최고였다······.

만약, 그것이 소설이었다면 말이다.

그림 연극 풍 미소녀 게임만 아니었다면 말이다······.

※　※　※

체육관에서 나온 우리는 교정으로 향했다.

주위에는 야키소바와 타코야키, 그리고 11월인데도 불구하고 팥빙수 노점 같은 것이 줄지어 세워져 있었다. 그리고 호객을 담당하는 학생들과 음식을 즐기는 일반 손님들로 꽤 북적이고 있었다.

"전부 내 잘못이에요."

"……."

그리고 체육관에서 빠져나온 나와 우타하 선배는 교정 벤치에 10센티미터 정도 떨어져서 나란히 앉았다.

선배는 내가 내민 타코야키에 손도 대지 않았다. 그저 자신의 무릎 위에 놓인 자신의 손을 지그시 바라보고 있었다.

"지금까지 우타하 선배를 너무 믿은, 눈곱만큼도 의심하지 않은 내 미스예요."

"……으."

그녀의 손이 내가 방금 한 말에 반응했다.

세게, 자신의 무릎에 손톱자국이 남을 만큼, 세게 움켜쥔 것이다.

"게임으로 만들어봤더니, 완전 꽝이었어요. ……게임으로 만드니 하나도 재미없었어요."

그것도 그럴 것이, 우타하 선배는 방금 나에게 부정당했다.

자신의 창작물을, 처음으로, 자타가 공인하는 최고의 신자에게 비방당하고 있는 것이다.

결국 우타하 선배의 이야기는 게임으로서 볼 때 너무 논리 정연했다.

초기 원고도, 제2 개정 원고도, 정답은 단 하나뿐이었다.

그리고 그 정답에는 처음부터 읽어나간다면 최종적으로 반드시 도착하게 되어 있었다.

이야기의 완급도, 전개도, 복선도, 전부 그 라스트만을 위한 것이었다.

내가 지시한, 부탁한 서브 시나리오와 서브 히로인의 엔딩도 결국 그 메인 스토리를 방해하지 않는 수준의 곁다리가『되어 있었다』.

그래서는 서브 히로인의 팬이 생기지 않을 것이다.

그 어떤 유저도 서브 시나리오를 기억하지 못할 것이다.

"지금의 우타하 선배는 역시 소설가 카스미 우타코예요."

게다가 문제는 그런 단일 시나리오가 두 개 있다는 것이다.

게다가 더 큰 문제는 우타하 선배가 그 두 시나리오를 양립하지 않고, 둘 중 하나를 버리려 했다는 것이다.

기쁨의 눈물을 흘릴 수 있는 이야기와, 펑펑 오열할 수 있는 이야기. 이 두 이야기를 한 게임에 넣을 수가 없었다.

"게임 시나리오라이터 카스미가오카 우타하는 되지 못한 거예요."

두 개의 소설을, 하나의 게임으로 만들지 못했다.

이대로는 아무리 문장이 아름다워도 게임 제작의 프로에게 게임으로서는 이기지 못할 것이다.

"그러니까 미리 사과할게요. 나…… 지금부터, 선배의 시나리오를 박살 낼 거예요."

그 순간, 이 세상에서 소리가 사라진 듯한 착각이 느껴졌다.

최후의 일격을 날린 내가, 거꾸로 최후의 일격을 받은 것처럼, 이 세상과 단절되어가는 느낌을 받았다.

상대를 부정하는 것이…… 게다가, 자신이 계속 쫓아다녔고, 찬양했으며, 믿어 의심치 않았던 사람을 부정하는 게 이렇게 힘들고, 분하며, 괴로운 일이라는 것을 이제 와서 깨달았다.

"……"

우타하 선배는 아직 아무 말도 하지 않았다.

하지만 서로가 알고 있었다. 계속 이러고 있을 수는 없다는 사실을 말이다.

그러니 그녀는 이제 곧 행동을 개시할 것이다.

나는 그때 자신이 취해야 할 리액션을 필사적으로 떠올려볼 수밖에 없었다.

그러기 위해서는 우선 우타하 선배가 어떤 행동을 취할지 예측해야만 한다.

그리고 최적의 행동을 시뮬레이트해야만 한다……

① 뺨을 때린다.

→깜짝 놀란 표정을 지으며 그녀를 쳐다본다→그러자, 그녀는 울고 있었다→참다못한 나는 그녀를 끌어안았다→언제부터인가 두 사람은 서로를 바라보고 있었다→이벤트 CG : 히로인과의 키스 신(주인공의 얼굴을 화면에 넣을지 말지 판단을 요함)→화면 어두워짐→SE : 참새 우는 소리.

② 도망친다.

→쫓아간다→찾아다닌다→겨우 찾아서 잡는다→뒤돌아선 그녀는 울고 있었다→참다못한 나는 그녀를 끌어안았다→이후의 흐름은 ①과 동일.

③ 운다.

→참다못한 나는(이하 생략)

④ 아프게 하다.

→벌이 필요할 것 같군요→ 이제 항상 같이 있을 수 있겠군요.

……일단 미소녀 게임적인 사고방식에서 벗어나.

그리고 전부 해피엔딩 같아 보이는 점도 함정이야.

애초에 이런 전개로 진행할 수 있는 건 아즈미 세이지지 내가 아니라고.

"그렇……구나."

"우, 우타하 선배……?"

그런 누가 이득인지 알 수 없는 시리어스 이벤트의 어둠에 휩싸일 뻔한 나를 현실로 데려온 것은 아까부터 애타는 마음으로 기다렸던 우타하 선배의 희미한 반응이었다.

"——이 한 말은 사실이었네."

"예?"

"나, 또—— 거네. ……게다가 이번에는 대의명분까지 붙이면서 말이야."

"저, 저기, 우타하 선배……?"

하지만 그 반응은 내가 예상했던 것과는 미묘하게 달랐다.

아니, 그녀가 한 말의 단편 하나하나에는 불길한 키워드가 가득 들어 있었지만, 그것들을 이어 붙여 하나의 결론으로 이끌기에는 내가 지닌 정보가 아주 조금씩 부족했다. 선배가 의도적으로 그런 고도의 심리전을 펼치고 있는 듯한 느낌마저…….

"적당히 해. 이—— 자식……. 내———— 하기는……."

"제대로 말하든가 아니면 그냥 입 다물라고요! 아니, 그냥 입 다물어줘요!"

미리 말해두겠지만 나는 귀머거리 주인공이 아니거든?

상대가 의도적으로 음량을 조절하고 있는 거라고.

"윤리!"

"하다못해 토모야라고 불러줘요!"

그리고 제대로 말하기 시작한 우타하 선배는 고개를 들더니 드디어 내 얼굴을 바라보…… 아니, 노려보았다.

"내 시나리오에 불만이 있다고 했지? 배짱 한번 좋네. 그럼 내가 지금부터 너를 박살 내주겠어."

"예, 예에에에에엣?!"

① 무릎을 꿇는다.

② 도망친다.

③ 운다.

"1년 동안 쌓이고 쌓였던 개인적인 원한까지 다 긁어모아서 너를 완전히 논파해줄게. 크리에이터로서 영원히 재기할 생각이 들지 않게 만들어주겠어."

"서, 선배, 자, 잠깐만요!"

내 머릿속에 떠오른 세 개의 선택지 중 하나를 고를 시간조차 주지 않은 우타하 선배는 캐릭터 붕괴와 더불어 점점 그녀답지 않은…… 아니, 본질적으로 본다면 매우 그녀다운 폭언을 뱉었다.

기분이 다운되는 건 확정 사항이라고 생각했는데, 왜 이렇게 업이 된 거야?

……하지만, 뭐어…….

"자아, 각오해, 윤리 군……. 지금 바로 시작할까?"

"……정말 괜찮은 거죠? 나, 우타하 선배에게 싸움을 걸어도 되는 거죠?"

이것은 우타하 선배가 나에게 준 천재일우의 기회다.

"……내가 싸움을 받아줘도 좋겠다고 생각할 만큼의 내용이라면 말이야."

"하지만 나는 디렉터예요. 시나리오라이터와 원화가보다 권한이 세다고요."

"그게 뭐 어쨌다는 거야?"

"만약 양쪽의 의견이 다 옳다면…… 내 의견이 채택된다고요."

"……여유가 넘치네. 내가 틀렸으면 순순히 물러서라는 거야?"

"예. 왜냐하면 막무가내로 밀어붙이기만 해서는 좋은 결과가 나오지 않잖아요. 나는 그저 가능한 한 좋은 게임을 만들고 싶은 것뿐이에요."

이것은 아마도…… 카스미 우타코와 게임을 만들 최후의 기회일 것이다.

그러니 팬으로 돌아가기 전에, 마음껏 억지를 부려보자.

"그럼 내가 할 일은 하나네……. 내 시나리오에 문제가 없다는 걸 네가 인정하게 해주겠어. 궁지에 몰아넣어 주겠어. 최종적으로는 무릎 꿇고 싹싹 빌게 만들어주겠어."

"……선배에게 지적당했던 연극부 부원들처럼요?"

어쩌면 나도 선배나 에리리의 뒤를 쫓아 크리에이터의 길로 들어설지도 모른다.

"한심한 발버둥밖에 못 쳐서 나를 실망시키지 마."

"카스미 우타코의 수제자를 얕보지 말라고요……."

"제자와 신자는 다르거든? 단순한 추종자 주제에……."

"내가 선배의 작품을 가장 잘 안다고요……."

그때, 위대한 선배들에게 조금이라도 비웃음을 덜 사고 싶으니까.

"엄청난 점도, 약점도…… 카스미 우타코보다, 잘 안다고요."

자아, 세기의 사제 대결을 시작해보자…….

※ ※ ※

"실은 어느 정도 재작업 안(案)을 짜뒀어요. ……이것 좀 봐줘요."

학교 건물 안으로 자리를 옮긴 우리는 테이블 위에 자료를 펼치면서 바로 회의를 시작했다.

"이런 것도 만든 거야? 꽤 준비성이 좋네."

"일전의 실수를 반복할 수는 없으니까요."

이 작품에서 우타하 선배와 의견 차이를 보인 것은 이번으로 두 번째다.

일전에 플롯 단계에서 의견 차이를 보였을 때는 "뭐가 문제인지는 모르겠지만 아무튼 이걸로는 안 된다."라는 전형적인 능력 없는 디렉터 같은 짓을 했다.

그래서 이번에는 만전을 기해 현행 시나리오의 문제점, 그리고 대안을 나흘이나 걸려 자료로 만들어 정리했다.

"……이게 다 뭐야."

그 자료의 첫 페이지를 본 순간, 우타하 선배는 방금 지옥 밑바닥에서 기어 올라온 듯한 목소리를 냈다.

카스미 우타코, 신작 게임 시나리오의 문제점

1. 두 종류의 메인 루트를, 한 게임 안에 담을 수 없다

2. 파생되는 IF루트가 빈약하다

→서브 시나리오가 짧고, 엔딩도 여운이 없다

→서브 히로인에 대한 묘사가 약하고, 메인 히로인에 비해 모에를 느낄 수 없다

→각 파생 루트 간의 연결고리가 없고, 외길 루트 느낌이 강하다

3. 선택지와 게임성의 관련성이 약하다

→선택 후, 바로 공통 텍스트로 넘어가 버린다

→선택지가 전부 단발성임. 선택지를 하나만 바꿔도 별개 루트로 분기된다

→선택 후의 리액션이 어느 걸 선택해도 전부 비슷하다

4. 게임 텍스트로서의 밸런스가 나쁘다

→심리 묘사가 전부 텍스트로 표현되어 있어, 그림과 연출이 끼어들 여지가 없다

→대사가 적기 때문에 특징적인 말투를 통한 캐릭터성 부각이 불가능하다

→캐릭터의 생각만 쫓을 뿐 움직임(액션)을 묘사하지 않는다

"뭐, 간단하게 말하자면 우타하 선배는 게임 시나리오에 자신의 작풍을 맞추지 않았어요."

"……윽."

"게임 시나리오를 몇 개 더 써보고, 소설가로서의 자존심을 조금만 버린다면 바로 일류 시나리오라이터가 될 수 있을걸요? 농담이 아니라 진짜로요."

"…………윽."

"경험 쪽은 얼마든지 쌓을 수 있겠지만, 문제는 자존심일 거예요. ……데뷔하자마자 인기를 얻은 데다 좋은 평가를 받았으니 남의 의견에 쉽게 귀를 기울이지 못할 거예요.

"……담당인 마치다 씨는 빼고요."

"꽤 거만한 소리를 하고 있네……. 이 소비형 돼지가……."

이번에는 목소리뿐만 아니라 표정까지 지옥의 주민틱해졌다…….

"그럼 선배는 자기가 더 뛰어나다고 말할 수 있어요? 게임 시나리오라이터보다 재미있는 게임을 만들었다고 자신할 수 있냐고요."

"……그건 해보지 않으면 알 수 없는 거잖아."

"그래요. 그러니 해봐요! 플레이해보고 다른 게임과 비교해보자고요! 그러면 알 수 있을 거예요! 우리가 만든 게임이 얼마나 일그러졌고, 단조로우며, 게임으로서의 재미가 눈곱만큼도 없는 쓰레기인지를!"

수면 부족인 머리가 마음과 함께 욱신거렸다.

틀린 말은 아니라고 생각하지만, 해도 되는 말은 아니라고 생각하는 폭언들을 나의 가장 소중한 사람에게 퍼붓고 있다는 현실이 너무나도 힘들었다.

"원래 노벨 게임은 게임성이 없잖아……. 아무도 노벨 게임에 게임으로서의 재미를 추구하지는 않을 텐데?"

"노벨 게임을 얕보지 말라고! 전뇌 그림 연극의 진정한 매력도 모르면서 입에서 나오는 대로 지껄이지 마! 지금까지 그딴 생각으로 작업했던 거예요?! 그러니 재미있는 게임이 나올 리가 없지!"

"큭! 방금 그 말 취소해……!"

"싫어! 노벨 게임을 바보 취급당하고 입 다물고 있을 수는 없다고!"

"지금 나를 바보 취급하고 있는 건 토모야 군이잖아!"

하지만 이걸로 우타하 선배는 완벽하게 진심이 되었다.

그 사실을 증명하듯…….

나를 "윤리"라고 부르지 않는다고…….

"나는 최선을 다했어……. 너를 위해 며칠이나 바쳐가며, 혼을 깎아가며, 피를 토하면서 썼어……. 이제 와서 그런 내 노력을 부정하지 마……!"

"노력 따위 상관없다고, 결과가 전부라고 항상 말하는 사람은 선배잖아!"

그녀가 이긴다면, 우리는 두 번 다시 화해할 수 없다.

내가 이긴다면, 그녀는 두 번 다시 일어서지 못할지도 모른다.

그래도 우리는 앞으로 나아갈 수밖에—.

"저, 저기~ 카스미가오카 양?"

그런 우리의 세계에, 메이드 복장을 한 여성이 우는 얼굴로 끼어들었다.

"말 걸지 마……. 지금 중요한 이야기를 하고 있단 말이야."

"우리 반이 운영하는 이 가게의 성공을 당신이 조금이라도 기원한다면, 지금 바로 교실에서 나가줬으면 좋겠어……. 남친과 함께 말이야."

"……."

"……."

으음…… 학교 건물 안으로 자리를 옮기기로 한 우리는 회의 장소로 우타하 선배의 반인 3학년 C반 교실을 선택했다.

그 교실은 오늘 『메이드 카페 3-C』로서 한창 영업 중이었기 때문이다.

……뭐, 우리가 엄청난 격론을 펼친 탓에 손님들이 다 나가버렸지만 말이다.

※　※　※

그리고 시계가 오후 일곱 시를 가리킬 즈음.

창밖은 늦가을 밤의 어둠에 휩싸여 있었고, 그렇게 시끌벅적하던 복도와 교실도 평소의 방과 후처럼 정적을 되찾았다.

……아니, 교정과 일부 교실에서는 학교에 남아 내일 준비를 하는 학생들이 내는 소리가 희미하게 들려왔다.

원래 교칙 상으로는 이런 시간까지 학교에 남아 있지 못하게 되어 있다. 하지만 문화제 기간 동안에는 토요가사키의 교직원들도 학생들에게 관대해지는 것이 정설이었다.

"어때요? 재미있어요? 우타하 선배."

"……."

그런 상황을 이용해 이렇게 어둡고 좁은 방 안에서 어깨를 마주 대고 있는 남녀도 있지만 말이다. 정말 이래도 되는 거냐 토요가사키 학원, 이라는 생각이 들지 않는 것도 아니었다.

"혹시나 해서 말해두겠는데, 대충 만든 건 아니에요."

"……알아."

"카토와 저, 그리고 그외 다른 사람들이 힘을 합쳐, 이틀 동안 피를 토하면서 만든 거라고요."

"방금 안다고 말했잖아."

하지만 지금 우리는 이런 상황에 처했는데도 색기 넘치는 대화를 나눌 수가 없었다.

……그렇다고 평소에는 가능했냐고 물어도 대답할 수 없으니 딴죽을 걸어주지 않는다면 감사하겠다.

"좀 전에 플레이한 『rouge en rouge』의 신작 체험판과 비교해보니 어때요?"

"……."

"재미없죠? 스토리는 재미있지만 게임으로서의 재미는 찾을 수 없을걸요?"

"……윽."

시청각실 옆에 있는 시청각 준비실 겸 방송실 안.

불을 켜지 않은 탓에 어둑어둑한 방 안을 비추고 있는 모니터 불빛이 두 남녀의 그림자를 벽에 드리웠다.

"어때요? 이제 이해했죠? 우타하 선배."

플레이하고 있는 것은 우리가 만든 게임의 샘플판.

내가 이번 주 초에 플레이해보고 머리를 감싸 쥐었던, 신급 명작이 될 줄 알았던, 실패작.

"지금의 선배는 상업 게임의 시나리오라이터는 고사하고 동인 게임의 시나리오라이터보다도 못하다는 걸요."

"그만해."

"이게 게임 시나리오라이터 카스미 우타코의 현재 위치예요. 이걸 인정하지 않으면 우리는 앞으로 나아갈 수 없다고요. 우리가 만드는 게임도 마찬가지고요."

"그만하라구!"

우타하 선배는 그녀답지 않게, 거절의 의지가 강하게 서린 고함을 질렀다.

……하지만 오늘 하루 동안만 해도 몇 번이나 선배의 이런 목소리를 들었다.

"이런 미완성품으로는 아무것도 알 수 없어."

"……정말, 그렇게 생각해요?"

확실히 이것은 미완성품이다.

이벤트 CG는 거의 없고, 스탠딩 CG도 일부만 채색이 되어 있었다.

음악 또한 겨우 세 곡을 여러 신에서 계속 돌려쓰고 있었다.

게다가 음향 효과나 영상 효과 같은 것도 없다.

"좀 더 연출을 제대로 해주면…… 느낌이 확연하게 달라질 거야."

"여러모로 조정해보려고 했어요……. 그래도 무리였어요."

그래도 마우스를 클릭하면 텍스트가 표시되고.

자신의 의지로 이야기를 진행시킬 수 있으며.

자신의 선택으로 전개가 변하게 되고.

자신이 선택한 엔딩에 도달한다.

설령 미완성이라 할지라도, 이것은 명백한 게임이었다.

"왜 조정이 무리였는지 알아요?"

"……시간이 없었기 때문이지?"

"아뇨. 있었어요……. 왜냐하면 나는 이번 주도 계속 이 스크립트를 붙들고 있었거든요."

그렇다. 붙들고 있었다.

최후의 최후까지 포기하지 못한 나는 시나리오를 바꾸지 않은 채, 연출만으로 어떻게든 조정하기 위해 최선을 다했다.

"하지만…… 이건 이미 완성되어버렸어요."

텍스트가 나쁜 의미로 완성됐다.

글자가 모든 것을 이야기하고 있기에, 아무것도 할 수 없었다.

"소설이 되어버렸다고요."

스크립트가 끼어들 여지가 없었다.

그림이 텍스트를 보완할 장면이 없었다.

음악이, 이야기를 고조시킬 필요가 없었다.

정말, 너무나도 완벽했다.

그래서, 무엇을 더한들, 더욱 고조시킬 수가 없었다.

······종이로 읽는 것과, 차별화시킬 수가 없었다.

"애초에······ 이렇게 이유를 찾는다는 건, 실은 알고 있다는 거잖아요?"

"시끄러워······."

"선배도, 이건 게임이 아니라고 생각하는 거죠······?"

"시끄럽다고 했잖아······."

그것은 카스미 우타코만의 작품이었다.

카시와기 에리의 화집과, 효도 미치루의 사운드 트랙이 딸린, 동인 소설인 것이다.

"몇 번이나 말했지만, 이건 우타하 선배의 잘못이 아니라 디렉터인 내 탓이에요."

우타하 선배는 순수한 창작가이자, 완전한 소설가다.

올바른 독선가이자, 많은 이에게 사랑받는 거만자(倨慢者)다.

혼자서 독자를 이끌고 나갈 재능이 있으며, 그리고, 지금은 그런 재능밖에 없다.

그것이 게임 세계와는 맞지 않았을 뿐이다.

그림, 소리, 연출이 지닌 각각의 맛을 살리면서, 게임이라는 매체의 특성도 고려하라.

선배가 소설과 게임의 문화적 차이를 인지하고 게임 문화에 따르게 했어야 했다.

그리고 디렉터인 내가…… 시나리오를 쓰기 시작한 단계에서부터, 선배가 올바른 방향으로 나가도록 제대로 제어했어야만 했다.

"그러니까 지금 단계에서 선배가 충격 받을 필요는 없어요."

그 대신, 나는 무지막지하게 반성할 필요가 있겠지만 말이다…….

그것도 그럴 것이, 나는 이 시점에서 이오리에게 패배했다.

패배한 정도가 아니라, 적이 패인을 분석해준 데다가 조언까지 해준 것이다.

『rouge en rouge』의 체험판을 플레이해본 나는 그 녀석이 자신만만해하는 근거를 알았다.

그 녀석이 디렉터로서 처음부터 올바른 행동을 해왔다는 것을 깨달았다.

그 녀석은 게임 제작 경험이 있는 시나리오라이터 팀을 통째로 데려왔다.

그리고 내용을 철저하게 체크하고, 적당히 끼어들어가면서, 자신이 신뢰하기에 합당한 게임을 만들게 한 것이다.

스태프를 믿는다는 것은 맹목적으로 따르기만 하는 것이 아니다.

믿을 수 있는 작가의 작업물을 자신의 눈으로 보고, 그것이 작품으로서 뛰어나다고 판단한 후에야 비로소 믿을 수 있는 것이다.

설마 그 동인 파락호가 나보다 훨씬 더 작품과 제대로 마주하고 있었다니…….

나는 정말 바보다.

"우리는 아직 실점을 만회할 기회가 있어요. 다시 만들 시간이 있다고요."

마우스를 쥔 우타하 선배의 손은 꼼짝도 하지 않았다.

"지금 우타하 선배에게 필요한 것은 자신이 쓴 시나리오를 고칠 필요가 있다는 것을 인정하는 거예요."

내 말은 그녀를 위로하는 것 같지만, 그것이 전혀 위로가 되지 않는다는 사실은 나 자신이 가장 잘 알고 있다.

하지만 지금은 그렇게 말할 수밖에 없으며, 그것밖에 방법이 없다고 생각했다.

하지만…….

"싫어. 인정 못 해……. 인정할 수는 없어."

그녀는 아직 매달리고 있었다.

소설가 카스미 우타코의 자존심에. 지위에.

그것도 그럴 것이, 그것은 나 같은 녀석과 얽히지 않았다면, 게임 제작에 참여하지 않았다면 버릴 필요가 없는, 너무나도 묵직한 주춧돌인 것이다.

"내가 그걸 인정하면, 내가 토모야 군에게 인정받지 못한 게 돼."

"뭐……."

"네 기대에, 신뢰에, 답하지 못한 게 돼."

"우타하, 선배……."

아니, 어쩌면……?

그녀가 매달리고 있는 것은 자존심도, 지위도 아니라…….

"너에게 "필요 없다"는 말을…… 들은 게 돼."

"필요 없을 리가 없잖아요~."

"내가 우타하 선배를 얼마나 필요로 하는데요."

"지금도, 예전보다 더, 선배를 필요로 하고 있다고요."

"앞으로도, 계속, 계속, 필요로 할―."

"이 시나리오를…… 고치게 해주세요."

하지만 지금은 그런 말들을 봉인했다.

"아마 이야기 자체의 질은 지금보다 떨어지겠지만."

그리고 우타하 선배와, 그녀를 믿었던 나 자신을, 도려냈다.

"그래도, 수정하는 걸 허락해주세요."

그리고 박살 냈다.

담당 시나리오라이터와, 무능한 디렉터의 자존심을, 갈가리 찢었다.

"게임 시나리오로서, 다시 짜는 걸 허락해주세요."

다시 한 번, 제로부터 시작하기 위해서…….

※　※　※

"자, 그럼 다음은 이쪽 파일을 인쇄해야지."

컴퓨터의 엔터키를 누르자, 방구석에 있는 프린터가 시끄러운 소리를 내면서 차례차례 종이를 뱉어냈다.

지금은 내 방 시계의 시침과 분침이 하늘을 가리키고 있는 한밤중이다.

학교에 남아 있기에는 너무 늦은 시간대가 되었을 즈음, 나는 방송실에서 나와 아무에게도 들키지 않으면서 복도와 교정을 이동한 후, 집으로 돌아왔다.

"……시끄럽죠?"

"……."

……그 후 한 마디도 하지 않게 된 잠자는 공주님을 데리고 말이다.

결국 우타하 선배는 내 재작업 제의에 끝까지 대답해주지 않았다.

그저 내가 시키는 대로 자신의 집과는 반대 방향으로 향하는 전철에 타더니, 우리 집의 현관을 지나 내 방 침대에 들어갔다.

그 후 한 시간 정도가 지난 지금도, 잠을 자지도, 말을 하지도 않으면서, 자신의 표정과 감정을 지우고 있었다.

앞으로 나아갈 수 있을지 알 수 없는 이런 상황에서, 나는 내가 할 수 있는 일에 모든 자원을 쏟아부었다.

……뭐, 내가 할 수 있는 일은 "그런 뜻으로 한 말이 아니라고요~. 그러니까 화 풀어요. 예?" 같은 값싼 위로를 하면서 침대에 누운 우타하 선배를 덮치는 게 아니라고.

나는 현재 우타하 선배에게 제출한 자료인 『카스미 우타코, 신작 게임 시나리오의 문제점』을 더욱 다듬고 있었다…….

다시 한 번 차분하게 프레젠테이션을 하고, 문제점을 공유한 후, 가능하면 시나리오 수정에 대한 동의를 얻기 위한 작업이었다.

이것으로 지난 주 금요일부터 일주일 연속으로 밤샘을 한 것이 된다. ……뭐, 낮잠은 잤지만 말이다.

키보드를 너무 두드려서 그런지 손가락 끝의 감각이 없어지는 것 같은 느낌이 들었다.

그래도 지금은 잠을 잘 수 없기에 계속 작업을 했다.

게임 완성도에 대한 위기감.

이대로는 겨울 코믹마켓에 맞출 수 없을 것이라는 초조함.

그리고…… 내 등 뒤의 침대에 누워 있는 사람을 향한, 한 마디 정도가 아니라 라이트노벨 한 권 분량으로도 정리할 수 없을 듯한 수많은 감정들이 뒤섞인 탓에 잠이 오지 않았다.

시계를 보니 드디어 날짜가 바뀌려 하고 있었다.

즉, 오늘은 문화제 2일 차다.

토요일이니까 일반 손님들도 더 많이 올 테고, 체육관 스테이지에서 라이브 같은 것도 하면서 어제와는 또 다른 토요가사키 학원의 모습을 보여주리라.

하지만 아마 우리는 그 모습을 보지 못하리라.

분명 내일부터 우리의 마지막 싸움이 시작될 것이기 때문이다.

이 작품의 뼈대를 구축하는 마지막 작업이 말이다.

"으…… 으, 으흑……."

"으~~~."

……그건 그렇고, 등 뒤에서 훌쩍이는 듯한 한숨 소리가 들려와도 필사적으로 못 들은 척할 생각이니 양해해줬으면 한다!

※　※　※

"……으응?"

정신을 차리고 보니 어느새 창밖이 밝아져 있었다.

도시라서 그런지 참새 우는 소리는 들리지 않았지만, 어딘가에서 독특한 향수를 느끼게 하는 비둘기의 구구~구~ 구~ 하는 소리가 들려왔다. 여기 진짜로 도시 맞아……?

그건 그렇고 시계를 보니 어느새 일곱 시가 지나 있었다.

아무래도 나는 책상에 엎드려 졸았…… 아니, 약간 얼이 나가 있었던 것 같았다.

"하아아아암~."

그런고로, 나는 쌓일 대로 쌓인 피로에 저항하기 위해 크게 하품, 아니, 기지개를 켰다.

"어머, 일어났어?"

"잠 안 잤다고요."

그렇지? 안 잤지?

그러고 보니 나는 아침마다 이런 말을 하는 것 같은 느낌이 들었다.

나, 진짜로 밤샘을 한 게 맞기는 한 걸까?

혹시 안 잤어 안 잤어 사기 같은 건…….

아, 큰일 날 뻔했다. 그런 섬세한 문제를 진지하게 고찰해서는 안 된다.

본인이 밤샘을 했다고 말한다면, 그것은 밤샘인 것이다.

결코 원고를 한 페이지도 쓰지 못했거나, 러프 스케치조차 완성하지 못했거나, 그런데도 다음 날 열린 이벤트에 가서 코스프레를 하더라도, 그 노력을 가상히 여겨 마감을 연장해줘야 한다고 나는 생각한다.

그리고 "노력해서 그 꼴이라면 완전 최악 아냐?" 같은 딴죽은 날리면 안 된다고.

"으음, 어디까지 했었죠?"

"일단 전체적으로 체크해두기는 했는데……."

"아, 그랬군요. 고마워요. 우타하 선……?"

뭔가 이상한 생각에 계속 빠져들고 있는 머리를 흔들면서 눈앞에 있는 모니터에 집중하려던 나는 그 순간, 약간의 위화감을 느꼈다.

눈앞에 있는 책상에는 한밤중에 프린트해둔 자료가 펼쳐져 있었다.

그 자료 자체는 자신이 오늘을 위해 준비해둔 것이니 딱히 문제 될 것은 없지만…….

"우타하…… 선배?"

그 자료에 붉은색 펜으로 쓰여 있는 글씨와, 좀 전부터 들려오던 차분한 목소리가 나를 순식간에 현실 세계로 돌아오게 만들었다.

"좋은 아침."

"아……."

그렇다. 평소와 마찬가지로 차분한 목소리.

그리고 평소와 마찬가지로 졸린 듯한 표정.

"좋은 아침이야, 윤리 군."

어젯밤, 부정적인 감정을 드러내고 있던 그녀가 아니라, 평소와 다름없는…….

내가 알고 있는, 나를 안심시켜 주는, 내가 ──는, 우타하 선배, 다.

※　※　※

"그런데 윤리 군. 일어나자마자 이런 말해서 미안한데, 상의 좀 해도 되겠어?"

"무, 물론이죠. 그리고 안 잤다고요."

"그딴 변명 하지 말고 일단 내 말 좀 들어."

"예……."

테이블을 사이에 두고 앉자, 평소처럼 사제 관계, 아니, 여교사와 남학생 같은 구도가 형성됐다.

우타하 선배는 목소리와 표정만이 아니라 태도도 평소와 다름없어졌다.

눈이 조금 빨간 것 같지만, 수면 부족인 나도 마찬가지일 테니 그 점에 대해서는 깊게 생각하지 않기로 했다.

"우선 이걸 좀 봐줄래?"

우타하 선배가 내민 것은, 내가 잠에서 깨어났을 때…… 아니, 어느새 내 책상 위에 놓여 있던 빨간색 펜으로 글씨가 쓰여 있는 프린트 용지였다.

"윤리 군의 의견은 어디까지나 의견으로서 받아들이겠지만, 아직 납득되지 않는 부분과 엄연히 윤리 군이 틀린 부분, 그리고 오자와 탈자, 용법 미스 등을 가능한 한 교정해뒀어. 이걸 자료 삼아 논의를 시작하자."

"이, 이렇게나 많아요……?"

그 몇 페이지밖에 안 되는 종이는 완전히 빨간색으로 물들어 있었다. 일주일 동안의 내 노력을 겨우 몇 시간 만에 박살 내주겠다는 정열, 아니, 편집증적인 무언가가 느껴졌다.

"그렇게 놀랄 것 없어. 내 첫 상업 출판용 원고에는 마치다 씨가 300군데 이상 지적을 해뒀었거든."

"저, 저기, 선배…… 이건……."

하지만 이렇게 편집증적인 수정을 해뒀다는 것은, 즉…….

"그게 서른 군데로 줄어드는 데 2년이 걸렸어. 이야기꾼에게 정말 엄격한 업계라니깐."

"아, 아니, 그쪽 이야기가 아니라……."

"……그런데 처음으로 쓴 게임 시나리오가 재작업 한 번 없이 바로 통과될 리가 없잖아?"

"아……!"

장난기 어린 미소를 지으며…….

잠자는 공주님에서 마녀로, 그리고 평소의 그녀로 변모한 우타하 선배.

"자, 시작하자 윤리 군……. 최소한 『rouge en rouge』보다는 나은 시나리오로 완성하는 거야. 안 그러면 사와무라 양에게 『시나리오 때문에 졌다.』는 변명거리를 제공하는 꼴이 되잖아."

"하하……."

목소리도, 말투도, 음흉하고, 자신감으로 넘치며, 음흉하고, 긍정적이며, 그리고 또 음흉했다.

"그리고…… 각오 단단히 해둬. 이게 끝난 후에 나를 ――한 대가를 톡톡히 치르게 할 거니까 말이야."

"……각오해둘게요."

그리고 음흉하고, 심술궂다.

"뭐, 조금 가불했으니까, 그만큼은 빼줄게."

"가불?"

"자고 있는 윤리 군의 얼굴을 찍어뒀어. 잘 먹었습니다~."

"그 사진에는 나만 찍힌 거죠?!"

그리고 또, 음흉한.

최고의, 선배.

※　※　※

"양쪽 다 고르지 않고, 양쪽 다 고르겠다는 게…… 무슨 말이야?"

우리가 가장 먼저 논의한 것은 가장 먼저 해야 할 뿐만 아니라 가장 중요한 과제인…….

『1. 두 종류의 메인 루트를, 한 게임 안에 담을 수 없다』

우타하 선배의 변덕…… 아니, 자유자재로 변환하는 창작 의욕이 낳은 두 개의 메인 루트를 어떻게 취급할 것인가, 였다.

"그러니까 말이죠. 초기 원고와 개정 원고, 둘 다 본편에 넣어서 둘 다 메인 루트로 삼는 거예요."

"하지만 그렇게 하면 전체 테마가 흔들릴 거야."

아마 우타하 선배는 나의 이 제안을 사전에 예측하고 충분히 검토해본 후에 이런 결론을 내린 것이리라.

그렇기에 딱히 놀라지도 않은 선배는 눈썹을 찌푸리면서 흔들림 없는 목소리로 반론했다.

"그 두 개의 시나리오는 방향성이 완전히 달라. 한 게임에 넣어버리면 뒤죽박죽이 되어버릴 거야."

그리고 나도 우타하 선배가 이런 반응을 보일 것이라는 사실을 예측했었다…….

초기 원고와 개정 원고.

모험 활극 전기물과, 윤회 환생 비련물.

평화로운 세계로의 귀환과, 시공의 틈바구니에서의 영원한 여행.

메구리와의 진정으로 행복한 결말과, 루리와의 슬프지만 행복한 결말.

애틋한 마음을 승화(昇華)시키고 사라지는 루리와, 영원히 돌아오지 않는 세이지를 기다리는 메구리…….

그런 같은 세계관의 같은 캐릭터가 전혀 다른 전개, 결말을 향해 질주하는 스토리는 같은 배우가 다른 역할을 연기하는 두 종류의 연극 같았다.

같은 플롯에서 이렇게 다른 해석이 가능하다는 게 놀라울 만큼, 완전히 다른 이야기가 되었다.

이것을 한 게임에 같이 집어넣으면, 확실히 여러 가지 모순이 발생할 것이라는 것은 쉬이 상상이 되었다.

하지만…….

"뒤죽박죽, 좋잖아요. 그렇게 되면 왜 안 되는 건데요?"

"어, 괜찮은 거야?"

내가 당연한 소리를 하듯 그렇게 말하자, 우타하 선배는 어안이 벙벙해 했다.

"그런 뒤죽박죽인 부분이 있기 때문에 미소녀 게임은 재미있는 거라고요."

학원 연애물인데 히로인이 미래에서 왔다든가, 달에서 최종 결전을 벌인다든가, 주인공이 괴수로 변신한다든가……

동서고금, 명작이라 불리는 게임에도 그런 전개가 존재했고, 또한 그런 전개를 접하고 "엥?" 하고 외친 적은 셀 수도 없을 만큼 많았다.

"딱딱하게 생각하지 말자고요. 이건 미소녀 게임에, 동인 게임이잖아요."

"그런 식으로 생각하니까 그래 봤자 미소녀 게임이라는 소리를 듣는 게 아닐까?"

"『그래 봤자 미소녀 게임』이라는 말은 나에게 있어서는 칭찬인데요?"

"……윤리 군."

완성도 높은 일류 작품보다도, 이류 작품 특유의 미완성인지 엄청난 걸작인지 마지막까지 알 수 없기에 느낄 수 있는 두근거림, 불완전함에서 우러나는 기대감, 그리고 어디로 튈지 모르는 스릴 넘치는 전개…….

역시 나는 그런 바보 같은 이 장르를 정말 좋아한다.

"그러니까 이 재미를 즐기자고요. 같이 스릴을 맛보자고요."

"마감 관련으로는 이미 엄청난 스릴을 맛보고 있지 않아?"

"그러니까 『룰에 얽매이지 않는다』는 룰을 지키자는 거예요."

"……즉, 윤리 군이 목표로 하는 것은 이야기가 지닌 룰에 얽매이지 않는, 트루 엔드조차 두 개인, 그런 자유로운 작품이야?"

"아뇨. 그렇지 않아요. 우타하 선배."

"그럼 대체……."

"트루 엔드는 세 개예요."

※　※　※

"……바보 아냐?"

"바보 맞을 걸요?"

내 방 시계의 두 바늘이 천장을 가리키고 있는, 토요일 한낮.

우타하 선배의 입에서 오늘 들어 세 번째로 『바보 아냐?』

가 튀어나왔다.

첫 번째는 이제 와서 신 시나리오를 만들겠다는 말을 내가 했기 때문에.

두 번째는 기존 시나리오에서 재작업을 해야 하는 부분이 많다는 사실 때문에.

그리고 세 번째는……

"내일까지 끝내겠다는 거야?"

"월요일까지 에리리에게 최종 원고를 주지 않으면 이벤트 CG를 기한 안에 완성하지 못할 거잖아요?"

"그런 소리를 느긋한 표정으로 하지 마."

이렇게 많은 작업량을 제시해놓고도 하루 반 만에 끝내라고 하는 내 스케줄 감각 때문에.

"저기, 윤리 군. 많이 피곤한가 보네."

"확실히 피곤하기는 하지만, 우주인이 보일 정도는 아니라고요."

"지금부터 얼마나 많은 텍스트를 손봐야 하는지 알고 있는 거야? 내 계산으로는 이걸 전부 고치는 데만 2주는……"

"……우타하 선배. 뭐 착각한 거 아니에요?"

"무슨 소리야?"

"이건 소설 교정이 아니라 게임 시나리오 수정이라고요."

"으음, 그 둘의 차이점이 뭐야?"

"어디 사는 작가님의, 작품에 대한 애착이라는 이름의 억지는 뒷전이라는 거죠."

"……왠지 밉살스럽네."

"예술성보다 납기. 자기 자신보다 남은 공정. 한정된 시간 동안 가능한 범위 안에서 만드는 게 가장 중요하다고요."

그렇다. 공동 작업에서 가장 중요한 것은 납기다.

그것을 위해서는 도망친 시나리오라이터의 뒤치다꺼리를 하느라 여섯 명의 시나리오라이터가 모여서 사흘 만에 게임 시나리오 하나를 완성하기도 한다. 그리고 그게 음성 포함 게임이라면 먼저 대사 부분만 만들어서 음성을 수록한 후, 퍼즐 끼워 맞추듯 모노로그를 추가하기도 한다.

게다가 그렇게 될 대로 되라는 듯이 만든 시나리오가 높은 평가를 받기도 한다. 그리고 도망쳤던 시나리오라이터가 어느새 돌아와서 자신의 블로그 같은 곳에 의기양양한 얼굴로 자기가 쓰지도 않은 시나리오의 해설을 올린다든가…… 전부 소문에 불과하거든? 오해하지 말라고.

"그런 방식으로 명작을 만들 수 있을 거라고 생각해?"

"내가 말할 수 있는 건, 세상에 내놓지 않으면 절대 명작이 되지 못한다는 것뿐이에요."

"그건……."

발매를 늦췄는데도, 납기에 겨우겨우 맞췄는데도, 그뿐만 아니라 납기를 한 달이나 앞당겼는데도 명작이 된 작품은 있다.

그리고 스케줄에 여유를 두면서 만들었는데도 쓰레기 취급을 받은 작품 또한 셀 수도 없이 많다.

그러니 시간과 작품의 질 사이에는 확률은 존재해도 정답은 존재하지 않는다.

"게다가…… 이 작품은 이번 겨울 코믹마켓에 내지 못하면 영원히 이 세상에 나오지 못해요."

"……."

왜냐하면 우리에게…….

우타하 선배와 우리에게 남겨진 시간은, 아마도…….

"하지만, 윤리 군……."

잠시 동안 고개를 숙인 채 생각에 잠겨 있던 우타하 선배는…….

이번에는 "바보 아냐."라는 말 대신, 진지한 표정으로 다시 한 번 나를 쳐다보았다.

"역시 아무리 납기를 우선시하며 최선을 다하더라도 나혼자서는 물리적으로 무리야."

"그런, 가요."

그렇기에 나 또한 그 진지함에 답하기 위해 진지한 표정으로 그녀를 응시했다.

그녀의 눈동자에 맺힌 찌르는 듯한 시선이 강하게 느껴졌기 때문이다.

"그러니 너도 각오를 해줘야겠어."

분명 이런 흐름이 될 것은 알고 있었다.

말도 안 되는 일이 벌어질 거라는 사실을. 엄청난 일이 벌어질 것이라는 사실을.

"토모야 군이 써……."

그리고 말도 안 될 만큼 재미있는 일이 벌어질 것이라는 사실을, 알고 있었다.

"세 번째 시나리오만이라도 돼. 네가 억지로 추가한 그 이야기만이라도 좋아."

"……괜찮겠어요?"

봄이 되면 더는 이런 시간을 보낼 수 없을 것이다.

아무리 지금과 비슷한 상황이 벌어진다고 해도, 완전히 똑같은 시간은 보낼 수 없다.

"우타하 선배의 텍스트에 내 글을 끼워 넣어도 괜찮겠어요? 나는……."

"하지만 내 작품을 가장 잘 아는 사람은 바로 너잖아?"

"하, 하하……."

"카스미 우타코보다도…… 잘 안다면서?"

그러니 지금은 이 축제를, 또 하나의 문화제를…….

최대한, 즐기자고…… 단둘이서 말이야.

※　※　※

"그런데 선배."

토요일. 오후 세 시.

방침을 정하고 작업을 시작한 뒤로 세 시간이 흘렀다.

아무튼 아무 생각 없이 "일단 써. 양으로 승부해. 손을 멈추지 마."라는 우타하 선배의 조언을 들은 나는 내 감정에 따라 텍스트를 써내려가다 오래간만에 뒤를 돌아보았다.

"왜? 이쪽도 바쁘니까 질문 있으면 짧게 해줘."

테이블 위에 펼쳐둔 노트북 컴퓨터로, 나보다 빠른 속도로 텍스트를 양산하고 있던 우타하 선배가 나를 쳐다보지도 않은 채 작업에 집중하면서 대답했다.

"나, 얼마나 쓰면 돼요?"

"글쎄. 분기 부분은 꽤 후반부에 있으니까 그렇게 많지 않아. 플레이 시간으로 환산하면 한 시간 정도?"

"……그걸 문장 분량으로 치면?"

"라이트노벨로 환산하면 반 권 정도? 얼마 안 되네."

으음, 남은 시간은 1.5일 정도니까, 즉……

"그건 사흘 만에 라이트노벨 한 권을 쓰는 페이스잖아요! 우타하 선배, 그게 진짜로 가능해요?!"

"나한테 가능할 리가 없잖아? 만약 가능하더라도 퀄리티가 확 떨어질 거야. 오탈자랑 문법적 오류도 많겠지."

"그, 그렇다면 나 따위가……"

"윤리 군. 네 철학에 따르면, 게임 제작에 있어서 가장 중요한 건 뭐지?"

"…………납기요."

"그렇지? 그러니까 너라면 할 수 있을 거야. 스피드만이라도 스승을 뛰어넘어 봐."

"아하하, 하하……."

즉, 이것은 카스미 우타코조차 달성하지 못한, 내 세계 안에서의 전인미답의 영역이다.

나, 지금부터 그런 영역에 뛰어드는 건가…….

"하하하…… 아하하하하하하하~!"

"시끄러워! 입 다물고 글이나 써!"

"예입?!"

현재 시각은 오후 세 시.

나뿐만 아니라 슬슬 우타하 선배 쪽도 크리에이터 모드를 발동시키고 있었다.

※　※　※

"……저기, 선배."

"……."

"선배."

"……왜?"

우타하 선배를 향해 고개를 돌리다 겸사겸사 시계를 보니 어느새 오후 여덟 시가 넘어 있었다.

창밖은 어느새 어둠에 휩싸여 있었고, 방 안까지 냉기가 침범한 탓에 꽤나 추웠다.

"배 안 고파요? 뭐 좀 사 올까요?"

"……."

방 안 냉난방기를 켠 나는 잠시 휴식을 취할 생각으로 기지개를 켰다.

그 순간 등에서 들려온 우두둑하는 소리가 이 몇 시간 동안 내가 얼마나 격렬한 싸움을 벌였는지를 얘기해줬다.

"아니면 피자라도 먹을래요? 하지만 지금 주문하면 배달 오는 데 한 시간은 걸릴 테니 역시 편의점 도시락……."

"……."

선배는 좀처럼 대답하지 않았다.

아마 너무 집중한 탓에 아직 현실로 돌아오지 못한 것이리라.

초점이 맞지 않는 눈으로 나를 쳐다본 선배는 신기한 거라도 본 듯한 표정을 지었다.

"……윤리 군."

그리고 드디어 그녀의 입술이 움직이기 시작하더니…….

"왜요? 역시 피자가 좋겠어요?"

"창작 중에 다른 데 정신을 팔다니…… 너, 할 마음이 있기는 한 거야?"

"……예?"

그녀의 얼굴에 악마 같은 표정이 맺혔다.

"마감 기한까지 이틀도 채 남지 않았거든? 그런 상황에서 식사 같은 소리 하고 있네. 이틀 정도 아무것도 안 먹고 아무것도 안 마신다고 사람이 죽지는 않아."

"하, 하지만 배가 고프면 제대로 싸울 수가……."

"그럼 손톱을 뜯어먹으면 되잖아? 그리고 손가락 피부라든가, 자신의 볼살이라든가, 그걸로 부족하면 혀를 먹어……!"

"마지막 그걸 먹었다간 죽어버린다고요!"

우와, 큰일났대이…….

버서크, 아니 창작 모드인 선배는 상상을 초월할 정도로 위험한 존재였다.

"이런 말도 안 되는 일을 벌인 당사자가 먼저 쉬려고 하다니, 나뿐만 아니라 인생도 너무 얕보는 거 아냐? 윤리 군."

"아, 아뇨! 으음…… 그래요! 나보다도 선배가 걱정되어서 이런 소리를 하는 거라고요!"

변명 티가 팍팍 나는 내 말을 들은 선배는…….

"내 걱정을 할 필요는 없어……. 이 싸움이 끝나고 나면 쌓이고 쌓인 생리적 욕구를 한 번에 해방할 거니까……."

"히이이이익?!"

도망칠 구멍을 다 틀어막아 버렸다.

"사흘 밤낮으로, 마치 사바트(sabbat)를 치르듯…… 우, 후, 후후, 후후후후훗."

"아니, 싸움 끝난 다음 날은 평일이거든요?! 학교 가야 하거든요?!"

그런 무시무시한 의식에 참가할 리가 없잖아! 먹을 것도 생닭밖에 없을 것 같고!

"알았지? 그러니까 지금부터는 식사는 고사하고 자는 것도 금지야. 시간 낭비는 극한까지 줄이도록 해."

그렇게 말하면서 혀로 입술을 핥은 우타하 선배는 귀신이나 악마조차도 능가할 정도의 처절함을 자아내고 있었다.

"그, 그럼, 선배는 시나리오 작업이 끝날 때까지 목욕도 안 할 거예요?"

"…………그건 특례 조치로서 15분 안에 끝낸다는 조건으로 허락해줄게."

아, 처절함이 갑자기 사라졌다.

※　※　※

"저기, 선배. 미소녀 게임의 히로인이 여러 명인 이유를 알아요?"

"감각적으로는 알고 있어. 간단하게 말해 구제 장치잖아?"

"뭐, 좀 잔인한 표현이기는 하지만 맞아요."

드디어 날이 바뀌어 일요일이 되었다.

마감까지 이제 24시간을 남긴 한밤중.

방 한가운데에 있는 테이블을 사이에 두고 마주 앉은 우타하 선배와 나는 열띤 논의를 나누고 있었다.

"설령 메인 히로인이 유저의 심금을 울리지 못하더라도, 서브 히로인 중에 마음에 드는 캐릭터가 있다면 그 유저는 그 작품을 지지할 거예요. 하지만 메인 히로인 특화 게임은 그런 유저들을 끌어들이지 못하죠. 결과적으로 지지자 숫자에서 밀리고 마는 거예요."

의제는 『2. 파생되는 IF루트가 빈약하다』였다.

"하지만 나는 다른 히로인과 세이지가 행복해지는 이미지가 떠오르지 않아……."

서브 히로인 루트의 시나리오를 수정하던 선배는 아직 그 방향성과 필요성에서 주저를 느끼고 있었다.

"뭐, 메인 스토리가 너무 탄탄하니까요. 그야말로 카스미 우타코 작품! 선택받지 못한 히로인이 불우함의 극치를 달리고 있죠!"

"……그거, 진짜로 칭찬이야?"

하지만 그것은 그녀가 우수한 작가이기에 빠져들고 만 함정이다.

단 하나의 가능성이 너무나도 완벽하기에, 다른 가능성

이 진부해 보이고 마는 딜레마.

"하지만 선배. '따라오지 못하는 녀석은 버리면 된다.'······고 생각할 수는 없어요. 특히 미소녀 게임에서는요."

"왜?"

"그야 뻔하잖아요. ······미소녀 게임의 유저 숫자는 라이트노벨에 비해 적다고요!"

"······무슨 소리를 하는 건지 모르겠어."

우타하 선배의 이야기라면 메인 히로인의 지지율이 90% 정도를 차지하는 것도 가능할 것이다.

하지만 그 이상····· 100%에 한없이 가깝게 만드는 것은 불가능에 가깝다.

왜냐하면 작가가 아무리 골머리를 싸매도, 천차만별인 유저들의 취향과 생각까지는 바꿀 수 없기 때문이다.

"우타하 선배····· 우리가 추구해야 하는 건 『얼마나 많은 유저들이 즐겁게 플레이했는가』라고요!"

그러니 남은 10%의 유저들을 잡기 위해, 우리는, 웃길 수만 있다면 그 어떤 짓이라도 하는 개그맨이 되는 것이다.

"약간 진부해도, 너무 노골적이라도 괜찮아요······. 좀 더, 많은 가능성을 만들어나가자고요! 아양 좀 떨어보자고요!"

※　※　※

"그러니까 거기서 그렇게 가면 안 된다고요!"

"……."

"저기, 우타하 선배. 선택지가 세 개 존재한다면, 그 세 개의 선택지에 별개의 의미를 담아야 해요."

"나도 알아."

"아뇨, 몰라요! 선배는 눈곱만큼도 이해 못 했다고요!"

"……으."

"선배가 만든 선택지 중 정답 이외의 선택지에서 보이는 리액션은 엄청 재미없어요!"

"그게 그렇게 큰 문제야?"

"유저가 '다른 선택지도 골라보고 싶어.'라고 생각하게 만들어야 한다고요! 안 그러면 우리가 진 거란 말이에요!"

"정말 시끄럽네……."

"예를 들어 히로인의 선택이라면 그 히로인의 캐릭터성을 부각시키는 이벤트를 써야 하고, 주인공의 행동이라면 각 선택지별로 재미있는 리액션을 준비해야 한다고요!"

"그런데 쏠을 시간으로 본편을 다듬는 편이 낫지 않아?"

"그렇게 파생되는 에피소드가 재미있으면 재미있을수록 본편의 재미가 부각돼요! 나와 선배의 목표는 결국 같단 말이에요!"

"그럼 그 시간에 본편을 다듬어도 되겠네!"

"하지만 내 취향은 선택지예요! 그리고 이건 디렉터 권한이라고요!"

"그것보다 지금은 시나리오라이터 업무에 집중해! 네가 담당한 본편 시나리오에 주력하란 말이야!"

"진도가 안 나가니 어쩔 수 없잖아요!"

"그런 걸 현실 도피라고 하는 거야. 패배자 씨."

"아아아아앗! 그 말 했죠?! 지금 나한테 절대 해선 안 되는 말을 했죠?!"

"짜증 나! 윤리 군, 진짜 짜증 나!"

……으음, 현재 시각은 오전 세 시.

졸음과 피로와 배고픔, 그리고 완벽하게 이상해진 텐션이 우리를 창작의 어둠 속으로 끌어들였다.

※　※　※

"그러니까 거기서 그렇게 가면 안 돼."

"……."

"저기, 윤리 군. 시나리오라는 건 그저 자신의 텐션을 그대로 쏟아붓기만 하면 되는 게 아냐."

"나도 알아요."

"아니, 몰라. 너는 눈곱만큼도 이해하지 못했어."

"……으."

"윤리 군이 쓴 이 신, 완전히 독자들을 방치해버려서 하나도 재미가 없어."

"……저기, 선배."

"왜?"

"혹시 좀 전의 복수를 하는 건 아니죠?!"

현재 시각은 오전 다섯 시.

내가 처음으로 쓴 시나리오를 처음으로 다른 사람이 봐줬다.

그리고 현재, 그 시나리오를 무지막지하게 폄하당한 바람에, 그게 당연한 거라는 사실을 알면서도 엄청 충격을 받고 있는 중이다.

"그런 속 좁은 짓을 할 리가 없잖아? 8할 정도는 그렇지 않아."

"그럼 남은 2할은……."

우리는 좁은 테이블에 나란히 앉아 몸을 맞댄 채 노트북 컴퓨터의 조그마한 화면을 손가락으로 가리키면서 퇴고를 하고 있었다.

방금 목욕을 하고 와서 머리카락이 젖은 우타하 선배는 희미한 샴푸 향기를 풍기고 있었다. 정말 섹시했다.

"뭐, 칭찬할 부분을 찾자면 문장 분량과 속도 정도네. 그 둘만은 완벽하게 나를 초월했어."

"그, 그래요?"

"아직 쓰레기를 대량 생산하고 있는 수준이지만 말이야."

"으윽."

……하지만 그녀가 하는 말은 섹시하기는커녕 꽤나 칙칙했다.

"하지만 윤리 군. 쓰레기라도 생산할 수 있다는 건 대단한 거야."

"저, 정말요……?"

"물론이지. 아무리 엉망진창이고 구제할 길 없으며 읽기도 싫은 문장이라도, 일단 만들어낼 수만 있다면 그것을 통해 단련해나갈 수 있어. 존재하지도 않는 문장을 단련하는 건 불가능하잖아."

"위로와 공격을 동시에 하지 좀 마요."

그래도 가슴이 뛰었다. 흥분됐다.

"그러니까 글을 처음으로 쓰기 시작했을 때는 일단 아무생각 없이 글만 써나가야 해. 그리고 퇴고는 글을 완성한 후에 하는 거야. 도중에 퇴고를 했다간 영영 완성할 수 없거든."

"그, 그래요……. 알았어요."

여성으로서의 매력보다— 아니, 그것은 물론이고—.

작가다운 아우라, 크리에이터다운 열기, 스승다운 믿음직함 때문이었다.

나, 역시, 이 사람의 신자라서, 동료라서, 제자라서 다행이다.

"자, 그럼 제2 개정 원고를 시작하자."

"어디를 고치면 돼요?"

"윤리 군의 스피드라면 가능할 테니까…… 전부 폐기하고 처음부터 다시 써."

"으으으으으으으으으으으윽~?!"

뭐, 아무튼.

열의와 능력 같은 건 때때로 그걸 지닌 본인을 괴롭히기도 하는구나.

※　※　※

"뭐랄까…… 역시 진부해."

"윽."

"그리고 억지스러운 느낌이 너무 강해."

"끅."

"그리고 밸런스도 나빠. 쓸데없는 텍스트가 많은 데 비해 필요한 부분에 필요한 문장이 없어."

"끄윽."

일요일. 오후 0시.

그것은 내가 태어나서 처음으로 시나리오라는 것을 쓰기 시작한 후로 24시간이 경과한 기념비적인 순간이다.

"그러니 제3 개정 원고를 시작해. 물론 처음부터 말이야."

"예입~."

그리고 풀 리메이크한 시나리오가 또 격침당한 순간이기도 했다.

"……충격받지는 않은 것 같네?"

"뭐, 아직 허둥댈 시간은 아니잖아요."

"……."

하지만 나는 선배가 내린 결정을 듣고도 분노나 불만을 느끼지 않았다.

왜냐하면 약 10분 동안, 우타하 선배는 숨 쉬는 것조차 잊은 것처럼 내 텍스트를 필사적으로 읽으면서 이를 갈고, 다리를 떨어대고, 깔깔 웃고, 때때로 갑자기 고함을 질러가며……

내 문장에 진심으로 빠져들어 줬기 때문이다.

"……저기, 윤리 군."

"응? 왜요?"

내가 새로운 텍스트 파일을 열어서 『제3 개정 원고』라고 입력하고 저장했을 때…….

우타하 선배는 자신이 통과시키지 않은 제2 개정 원고를 아직 보고 있었다.

"정말 이런 엔딩이 성립한다고 생각해?"

"아하, 역시 그 엔딩으로 이어지는 전개의 설명이 부족하나 보네요……. 그럼 주인공의 심리 묘사를 좀 더 늘리거나, 아니면 히로인과의 대화를 통해 보충 설명을……."

"으응, 그런 기술적인 이야기를 하는 게 아니야."

"무슨 소리예요?"

아니, 단순히 보고 있는 것이 아니었다.

"정말…… 이런, 아무런 우려도 없는 해피엔딩이 존재할 거라고 생각해……?"

그녀의 표정은 아까까지 짓고 있던 못난 학생을 가르치는 교사 같던 표정과도 달랐다.

"전세(前世)에서 너무나도 가혹한 운명을 짊어졌고, 현세에서도 너무 힘들어했어.

게다가 친구와 가족, 그리고 많은 사람들을 불행에 빠뜨렸지.

마지막에도 모든 위협을 해결한 것이 아니라, 그저 내세로 미뤘을 뿐인데…….

그런데도, 남은 모든 사람들이 이렇게 행복하게 웃을 수 있을 거라고 생각하는 거야?"

"우타하 선배……."

"……뭐, 그렇게 가혹하게 설정한 사람은 나지만 말이야."

완전히, 창작을 할 때의, 크리에이터 모드의 눈빛을 띠고 있었다.

즉, 이건…… 내가 짠 하찮은 시나리오의 내용에 대해 언급하고 있는 것이다.

"……존재해도 괜찮지 않겠어요?"

내가 쓰는 제3의 트루 엔드는 간단하게 말해 『완전한 해피 엔드』다.

필사적으로 앞뒤를 맞추면서, 위화감을 없애기 위해 전력을 다해 노력하고 있지만, 견해에 따라서는 지금까지의 이야기를 전부 부정한다고 해도 과언이 아닌, 모독으로 보일 수 있다.

콘솔 이식판 컴퓨터 게임이 욕을 듣는 이유 중 하나인 『다른 시나리오라이터가 쓴 미묘한 추가 시나리오』의 전형이라고 할 수 있을 정도의 개변이다.

"이런 말하긴 좀 그렇지만, 루리는 행복해질 권리가 없다고 생각해."

"부모나 다름없는 사람이 그런 소리를 해도 돼요?"

"하지만 세이지를 향한 마음이 너무 강해서, 그를 위험에 빠뜨리기도 하잖아."

"그건 결과론이잖아요."

"게다가 세이지를 손에 넣기 위해 메구리와 다른 히로인들을 위험에 빠뜨렸어."

"뭐, 요즘 한번씩 보이는 얀데레[#1]죠. 그래도 귀여워 보이는 건 우타하 선배와 에리리의 공일 거예요."

"그런 루리를 메구리가 용서할 리가 없어. 그녀를 받아들일 리가 없어."

"나는 가능할 것 같은데요. 메구리라면 옛날 일 같은 건 그냥 흘려버릴 걸요?"

"……플레이어에게 사랑 받을 자격이 없어."

"하지만 나는 루리를 좋아한다고요."

"……그럼 메구리와 루리 중 누가 좋아?"

"당연히 둘 다 왕창 좋아하죠. 우리가 만든 메인 히로인이잖아요?"

"그런 의미가, 아니라……."

우타하 선배는 망상을 폭주시키고 있는 나를 보고 질렸는지, 피곤한 듯한 표정을 지었다.

턱을 괸 채 옆으로 고개를 휙 돌리는 그녀의 모습은 실례되는 생각일지도 모르지만 조금 귀여워 보였다.

"군더더기 같아요?"

"응. 엄청."

"그래도 나는 그 군더더기가 있었으면 좋겠어요~."

"정말, 이래서 모에만 밝히는 돼지들은 못 말린다니깐."

"우타하 선배는 보고 싶지 않아요?"

#1 얀데레(ヤンデレ) 한 사람에게 병적으로 집착하는 성격, 혹은 그러한 캐릭터.

"……."

"메구리와 루리가 세이지를 차지하려고 다투면서 귀엽게 질투하고, 그 모습을 본 모두가 어이없다는 듯이 웃는, 그런 밝은 엔딩…… 보고 싶지 않아요?"

한 육체에 메구리와 루리, 두 사람의 의식이 공존하게 했을 때, 어떻게 그 두 사람을 별개의 인간으로 취급할 것인가.

지금까지의 처참한 전개에서 어떻게 이런 결말로 이을 것인가.

그런 부분을 꽤 억지스러운 새 설정을 집어넣어서 해결한 바람에 엉망진창이 된 듯한 느낌도 들지만…….

"말도 안 된다고 생각하는 나와, 보고 싶다고 생각하는 내가 확실히 존재해."

"그럼 루리와 메구리네요."

"……."

하지만 역시 그런 신을 보고 싶단 말이야…….

※　※　※

"어, 때요?"

"……."

일요일 오후 여섯 시 반.

이제 곧 일본 전국에서 사ㅇ에 씨 증후군이 발병할 시

간대.

즉, 우리의 싸움도 드디어 클라이맥스에 이르고 있었다…….

"저기, 일단 모든 것을 다 쏟아붓기는 했는데……."

"……."

방금 다 쓴 내 제3 개정 원고를, 우타하 선배는 태블릿에 넣어서 읽고 있었다.

그리고 왜 노트북 컴퓨터가 아니라 태블릿으로 보고 있느냐면…….

"……우타하 선배?"

"…………."

"괜찮아요? 역시 잠시 눈 좀 붙이는 게 어때요?"

"읽고 있어. 그리고 아직 의식 있으니까 걱정하지 마."

"그, 그래요?"

앉아 있을 힘도 없었기에 바닥을 굴러다니면서 읽을 수밖에 없어서였다.

때때로 화면을 스크롤하는 손가락이 멈추면 글에 집중하고 있는 것인지 수면에 집중하고 있는 것인지 알 수 없었기에, 이렇게 몇 초 후에 말을 걸었다.

"역시 이번에도 안 되는 거예요?"

"……."

하지만 선배가 나보다 먼저 한계를 맞이하는 것도 무리는 아니었다.

그것도 그럴 것이 살인적인 분량을 수정하는 것으로도 모자라, 내 시나리오까지 감수하면서 계속 전력 질주를 해왔으니까 말이다.

"시간상으로는 다음 제4 개정 원고가 라스트 찬스일 것 같으니까, 일단 작업을 시작해도 되죠?"

"······."

뭐, 그 덕분에 우타하 선배가 담당한 작업은 거의 끝났다. 결국 초심자인 내 시나리오가 이렇게 마지막까지 발목을 잡고 있는 것이다.

"문제점을 말해주면 바로 대응할 테니까 찾으면 바로 가르쳐줘요. 그럼 나는······."

"······윤리 군."

"아, 미안해요. 시끄러웠어요?"

우타하 선배는 천천히 태블릿의 전원을 끄더니, 어두워진 화면으로 자신의 얼굴을 가렸다.

그리고 한숨을 내쉬면서 결정적인 한마디를 토했다.

"됐어. 이제 아무 말도 안 할 거야."

"······이제 질렸다는 소리? 더는 조언해줄 가치도 없다는 소리?"

"아니, 통과했다는 소리. 더는 고칠 부분이 없다는 소리야."

"어……."

우타하 선배가 내 상상과는 정반대인 결정적인 말을 하자, 나는 바로 반응을 보이지 못했다.

그것도 그럴 것이 나는 그녀의 대답을 기다리면서 계속 지적받을 부분이 어디인지 상상했고, 그 부분들을 어떻게 고칠 것인지만 생각하고 있었기 때문이다.

"남은 건 스크립트를 짜면서 미세 조정하면 될 것 같아. 음성이 안 들어가니 납기 직전까지 뜯어고칠 수 있잖아. 그 정도 여유는 충분히 있어."

"……정말이에요?"

그렇기에 고칠 부분이 없다는 말을 들었을 때, 어떤 반응을 보여야 할지 몰라서……

"정말, 이에요? 내, 시나리오, OK예요?!"

"본심을 털어놓자면, 정말 마음에 들지 않지만 말이야……"

"윽?!"

하지만 우타하 선배는 이 상황에서도 상대를 한껏 들어올렸다가 나락으로 떨어뜨리는 작가의 본성을 잊지 않았다.

"하지만 그건 어디까지나 내 취향 상의 문제야……. 순수하게 완성도만을 보자면 꽤나 뜨겁고 즐거운 이야기네."

그리고 나락으로 떨어뜨린 상대를 건져 올려주는, 작가의 본성도 잊지 않았다.

"아, 하하………… 어라?"

약간 배배 꼬인 합격 통지를 받은 순간, 내 눈앞이 빙글빙글 돌기 시작했다.

시야에서 모니터 화면이 사라졌고, 벽 쪽에 있는 책장이 보이는가 싶더니, 곧 천장으로 바뀌었다.

"윽?!"

쿵 하는 소리를 내면서 눈앞에서 별이 반짝이더니, 어둠이 펼쳐졌다.

……우와. 바닥에 쓰러졌어. 머리를 찧었어. 그런데 하나도 안 아파.

게다가 온몸에 힘이 안 들어가. 일어설 수가 없어.

"서, 선배…… 왠지, 나……."

"진정해. 수라장을 돌파한 후에 흔히 있는 일이야. 긴장의 끈이 끊어지면서 몸은커녕 팔조차 들어 올릴 수 없을 거야."

"그, 그래요?"

"응. 지금의 나처럼 말이야."

"……그렇군요."

"정말 아쉽네……. 지금이라면 윤리 군을 내 마음대로 할 수 있는데……."

"그건 나를 두들겨 패지 못해서 아쉽다는 거죠? 그런 거죠……?"

그런고로, 우리는 바닥에 쓰러진 채 좁은 천장을 올려다보았다.

만약 이 상황에서 별 하늘이 보인다면 미소녀 게임의 이벤트 CG 같아서 모에를 느꼈겠지만, 이래서는 오타쿠 동지들끼리 좁은 방에서 자고 있는 것에 지나지 않았다.

뭐, 사실이 그렇지만 말이다.

"뭐, 아무튼…… 고마워요. 우타하 선배."

"그저 냉정한 시각에서 봐서 합격점이었던 거지, 딱히 봐준 건 아냐."

더블 녹다운에 의한 공동 우승을 이룩한 우리는 격렬한 충족감과 피로 때문에 입만 겨우 움직일 수 있었다.

"하지만 찬물을 끼얹는 것 같아서 미안하지만, 마지막으로 유감스러운 소식을 하나 전해야겠어……."

"그게 뭔데요?"

우타하 선배는 유일하게 움직일 수 있는 입을 필사적으로 움직여 단둘만의 비밀 문화제의 끝을 알렸다.

"이 작품의 크레디트에 카스미 우타코의 이름을 넣을 수는 없어."

"그런, 가요."

"왜냐하면 이건 내 작품이 아니잖아."

그것은 어찌 보면 충격적인 고백일지도 모른다.

"너는 내가 만든 세계와 캐릭터를 자기 멋대로 판단해, 멋대로 움직였어."

"응."

하지만 나는…….

이 이틀 동안, 우타하 선배와 격렬하게 싸운 나는, 그녀의 말을 이해하고 말았다.

"그중에는 성격이 변해버린 캐릭터도 있어. 설정이 변해버린 부분도 있어."

"……미안해요."

그렇게 작품에 관해 논의했고, 대립했으며, 때로는 감정을 드러냈다.

납득이 되지 않는 방침에 따라야 할 뿐만 아니라, 그런 방침을 강요한 바보를 이끌어줘야만 했다.

"아니, 네가 사과할 필요는 없어."

"하지만 내가 한 짓은 결국 디렉터로서 억지를……."

그렇기 때문에 이 파괴된, 개변된 작품이, "그『사랑에 빠진 메트로놈』을 쓴 카스미 우타코의 신작"이라고 불리는 게 싫은 것도 무리는 아니다.

서클 입장에서 보자면 커다란 세일즈 요소 하나를 포기하는 것이 될 것이다.

하지만 그녀의 커리어를 생각한다면, 당연히……

"하지만 이렇게 세계관이 변하고, 캐릭터들도 변했는데도…… 이 애들은 죽지 않았어."

"뭐……."

"살아 있어. 진심으로 울고, 웃고, 사랑을 하고 있어……. 읽으면서, 아니, 플레이하면서 정말 기뻤어. 즐거웠어. 가슴이 뛰었어."

……내 비장한 각오를, 우타하 선배는 밝은 웃음으로 날려버렸다.

"그러니 이건 카스미 우타코의 세계 안에서, 아키 토모야가 창조한, 단 하나뿐인 스토리."

아니, 웃음으로 날려버린 게 아니라…….

"다른 누구도…… 너 혼자서도, 나 혼자서도 만들 수 없는, 우리 둘의, 완전 오리지널 시나리오."

그녀는 제자를 향한 애정을 최대한 담아, 나의 데뷔를 이렇게 축복해주고 있었다.

물러, 너무 무르다고요, 사부님…….

"그러니까 윤리 군. 이렇게 하는 건 어떨까?"

그리고 우타하 선배는 한 펜네임을 입에 담았다.

그것은 카스미 우타코도, 카스미가오카 우타하도 아니었다. 누구도 모르는, 그리고 처음 듣는 시나리오라이터의 이름이었다.

"⋯⋯그 이름으로 정말 괜찮겠어요?"

"너만 괜찮다면 말이야."

"하, 하지만⋯⋯. 너무 황송하다고나 할까, 분에 넘치는 영광이랄까⋯⋯."

"그럼 결정된 거네. 나중에 변경해달라고 해도 안 바꿔 줄 거야. 토모야 군⋯⋯."

우타하 선배는 그렇게 말하면서 내 손을 살며시 잡았다.

제5.5장

문화제 첫날, 오전 열 시—.

"으음, 아침부터 이런 곳에 불러내서 죄송해요, 카스미가 오카 선배."

"……괜찮아. 어차피 오늘은 오후에 연극부의 연극을 보는 것 외에는 할 일이 없어."

"아, 참. 그리고 보니 그 연극의 각본을 쓴 사람은……."

"그것보다 카토 양? 무슨 일로 나를 부른 거야?"

"아, 으~음…… 실은 말이에요. 이런 말하기 정말 죄송하지만……."

"이제 와서 우물쭈물 계열 내성적 캐릭터를 확립시켰다든가?"

"매몰찬 소리를 아무렇지도 않게 하네요."

"할 말이 있으면 요점만 말해줬으면 좋겠어. 나도 바쁘단 말이야."

"오늘은 연극 관람 말고 할 일이 없다고 방금 말했잖아요?"

"⋯⋯."

"⋯⋯으~음, 그럼 본론에 들어갈게요."

"요점만 말해줘."

"아마 오늘, 아키 군이 이야기할 거라고 생각하는데⋯⋯."

"그건⋯⋯."

"예. 시나리오 말이에요. 초기 원고와 제2 개정 원고 중 어느 쪽을 선택할 것인가에 관해서요."

"흐, 흐음."

"그리고 아키 군은 그 말을 하기 위해 열심히 선배를 찾아다니고 있을 거예요. 뭐, 선배는 여기 있으니까 결국 못 찾겠지만요."

"당신도 매몰찬 소리를 아무렇지도 않게 하네."

"그리고 아키 군의 대답 말인데요."

"그건 본인에게 들을 거니까 카토 양이 가르쳐주지 않아도 돼."

"아뇨. 그렇게 되면 상황이 여러모로 복잡해질 거예요."

"⋯⋯그게 무슨 소리야?"

"그게 말이죠. 으음, 당사자와 얼굴을 마주한 상태에서 이런 말을 하는 것도 좀 그렇지만……."

"……당신, 역시 짜증 계열 안경 캐릭터를 노리고 있는 거지?"

"저기, 미리 사과해둘게요. 죄송해요, 카스미가오카 선배."

"…………왜 카토 양이 사과하는 거야?"

"그러니까, 그게 말이에요……."

"왜 나와 윤리 군"만"의 문제에 당신이 개입하는 거야?"

"아, 역시 그건 개인적인 문제였군요. 어느 쪽 시나리오가 더 뛰어난가 같은 건 단순한 대의명분이죠?"

"……으."

"아, 죄송해요. 또 화나게 했나요?"

"……그래. 의도적으로 도발한 누구 씨 덕분에 말이야."

"그럴 생각은 없었는데…… 뭐, 됐어요. 귀찮으니까 요점만 말할게요."

"그러니까 좀 전부터 그렇게 하라고 몇 번이나……."

"아키 군, 완전히 엇나가버리고 말았어요."

"……뭐?"

"아마 카스미가오카 선배가 원하는 대답과는 전혀 다른 방향으로 가버렸을 거예요."

"……."

"아, 그래도 아키 군의 이야기를 듣고 너무 화내지는 말아줬으면 좋겠어요. 본인도 일주일 동안 고민했으니까요. 설령 방향성이 완전히 빗나갔다고 해도, 그 헛된 노력만큼 은 선배가 인정해줬으면 좋겠어요."

에필로그

한참 전에 밤을 맞이한 교정에서는 사람들의 웃음소리와 스피커에서 흘러나오는 익숙한 음악들이 울려 퍼지고 있었다.

겨우겨우 시나리오 수정을 끝내고 48시간 만에 방문한 토요가사키 학원은 사흘간 계속된 문화제의 피날레를 장식하는 후야제가 한창 벌어지고 있었다.

여기서 보이는 학교 안은 어둠에 뒤덮여 있었다. 하지만 교정 한가운데에서는 캠프파이어의 불빛이 활활 타오르고 있었고, 학교 건물 밖으로 몰려난 학생들이 주위에서 시끌벅적하게 떠들어대고 있었다.

요즘 이런 행사는 안전이나 환경 등을 고려해 실시를 위한 허들이 높아졌지만, 토요가사키 학원의 문화제 실행 위원회는 옛날부터 내려온 좋은 전통을 지키고 있었다.

……뭐, 어디까지나 리얼충들에게 있어서만 "좋은" 전통이지만 말이다.

그런고로, 지금 불꽃 주위에서 춤추고 있는 건 주위의 솔로들에게 '확 그냥 캠프파이어 불꽃으로 폭발해버려라.' 같은 생각을 하게 만들고 있는 게 분명한 커플들뿐이다.

게다가 누가 처음으로 시작한 것인지는 모르겠지만, 우리 학교의 후야제 포크 댄스는 여자가 남자에게 같이 춤을 추자고 신청하는 것이 전통이라고 한다.

그런고로, 수학여행과 더불어 엄청난 숫자의 커플을 생산하는, 중매쟁이 아주머니들도 매우 좋아할 만한 이벤트였다.

"······여어."

"······여어."

그런 불꽃에서 조금 떨어진 곳에 있는 교정 구석.

파트너 없이 후야제를 즐기는 동성 잡담 팀과 쓸쓸히 불꽃을 바라보며 하모니카라도 꺼내 불 듯한 분위기를 자아내는 외톨이들 사이에 있는 한 벤치. 나는 그 벤치에 앉아 스케치북을 들고 있는 여자애 앞에 섰다.

"이렇게 어두운데 제대로 그릴 수 있는 거야? 게다가 너는 근시잖아."

"경치만 보이면 충분해. 손 언저리가 보이지 않아도 그림이 어떻게 되어가고 있는지 알 수 있거든."

"······나는 그림쟁이들의 그런 감각을 영원히 이해하지 못할 거야."

에리리가 들고 있는 스케치북에는 교정 한가운데에서 불꽃

이 활활 타오르고 있는 모습이 생동감 넘치게 그려져 있었다.

……이 녀석의 본성을 모르는 동급생들은 이게 미술부용 풍경화가 아니라 동인 미소녀 게임용 배경 스케치라고는 꿈에도 생각하지 못하리라.

"문화제는 즐겼어?"

"이제 와서 시나리오를 추가해서 이쪽 일을 늘려준 바람에, 원화 담당이 이틀 동안 한 걸음도 집에서 나오지 못하게 한 디렉터가 무슨 소리를 하는 거야?"

"잘못했습니다요잘못했습니다요잘못했습니다요."

아무래도 우리가 수라장을 헤쳐 나오고 있는 사이, 다른 곳에서도 동시 진행으로 격렬한 싸움이 벌어지고 있었던 것 같았다…….

"덕분에 좀 전까지 질문 공세를 받아야만 했어. '왜 올해는 미스 토요가사키에 참가하지 않은 거야?' 같은 질문 말이야."

"그 점에 대해서는 사과 안 할 거야. 너, 적당한 핑계거리가 생겼다고 생각하고 있지?"

"그렇기는 한데, 남들에게 말해줄 수 없는 이유라서 좀 미묘하긴 해."

"그래도 사과하지는 않을 거야. 네 개인 사정으로 그걸 밝히지 못하는 거니까 말이야."

"……이렇게 많은 사람들이 보는 앞에서 네가 나에게 말을 거는 것 자체가 실은 엄청난 룰 위반이잖아."

"그건 전부 위대하신 전설 덕분이지."

후야제의 룰은 『여자가 남자에게 춤을 신청하는 것』이다. 그렇기 때문에 평소 에리리를 따라다니는 여자애들은 이곳에 있지 않았다.

멀리서 이쪽을 쳐다보고 있는 기척은 느껴졌지만 뭐, 2차원 오타쿠(진성)와 금발 트윈 테일 아가씨(위장)가 같이 있는 구도를 보고 위기감을 느끼는 남자는 없을 것이다.

"……그런데 카스미가오카 우타하는? 너희 둘, 이틀 동안 계속 같이 있었지?"

"미리 말해두겠는데, 아무 일도 없었어."

"알아. 그 입만 산 슈퍼 얼간이 여자는 단둘이 있어도 아무 짓도 못 했을 게 뻔하거든."

"넌 여전히 말이 심하구나. 그리고 우리 사이에 존재하는 건 그런 게 아냐. 동지들 사이의 뜨거운 유대야. 아름다운 사제애(師弟愛)라고. 너는 이해 못 하겠지만 말이야."

"……그 여자도 이해하고 싶지 않다고 생각할 테지만 말이야."

"뭐, 아무튼 우타하 선배는 저쪽에 있어."

나는 우리가 있는 곳과 정반대되는 곳을 손가락으로 가리켰다.

"카토랑 할 이야기가 있대."

※　※　※

"아, 결국 수정했군요……. 수고하셨어요, 카스미가오카 선배."

"지금 내가 무슨 말을 하는지 모르는 상태야. 그러니 이상한 소리를 하면 그냥 흘려들어 줘."

"으음, 그런데, 저기……."

"왜 그래?"

"선배에게 있어서의 "본론"은 어떻게 됐어요?"

"진전됐을 리가 없잖아. 시나리오 수정하느라 눈코 뜰 새 없이 바빴단 말이야."

"으음, 저기, 제가 무슨 코멘트를 해야 할지……."

"노코멘트 부탁해. 무슨 말을 들어도 비참할 것 같아."

"아, 아하하……. 하지만 그건 반 이상 자업자득 아니에요?"

"윽, 그게 무슨, 소리야?"

"……카스미가오카 선배는 아키 군에게 지나치게 소중히 여겨지고 있어요."

"……."

"아키 군은 그 누구보다도 우선할 만큼…… 조금 신경 쓰인다고 느닷없이 타마사키에서 와고 시로 날아가 버릴 만큼 소중히 여기고 있어요."

"그래……. 나는 역시 『루리』인 거네."

"으음, 그게 무슨 소리예요?"

"아무리 소중히 여겨져도, 동생이라든가, 동경의 대상이라든가, 스승 같은 존재로서 특별하게 여겨질 뿐, 결국 곁에 있지는 못해."

"역시 카스미가오카 선배가 아키 군에게 선택받기를 바란 루트는……."

"저기, 카토 양. 『추억이 담긴 보물 상자와 가까운 곳에 둔 도구 상자』라는 이야기, 알아?"

"죄송하지만 몰라요. 그리고 그거 유명한 이야기예요?"

"……글쎄?"

"그러고 보니…… 이상한 질문 하나만 해도 될까요?"

"뭔데?"

"루리는…… 결국 사유카죠?"

"……카토 양."

"틀렸다면 사과할게요. 하지만 저는 『사랑에 빠진 메트로놈』 전권을 두 번이나 읽었다고요."

"……그랬구나."

"비주얼은 전혀 다르지만, 사고방식이랄까, 행동 패턴 같은 게…… 마치 이쪽이 진짜 루리의 환생 같다는 생각이 들었어요."

"그걸 눈치챈 건 당신이 처음이야."

"그건…… 다른 사람들은 아직 루리를 모르잖아요."

"하지만 내 최고의 팬도 그걸 눈치채지 못했어." <ruby>윤리 군</ruby>

"아, 아하하……."

"사유카는 말이야. 내가 쓴 첫 캐릭터야."

"데뷔작, 이니까요."

"당시의 나는 캐릭터 조형 경험이 없고, 실력도 없었어. 게다가 사람 사귀는 것도 서툴렀지……."

"서툴렀다……. 과거형이네요……."

"다른 여자애에 대해서는 알지 못했어. 그래서 가장 가까운 곳에 있는 여자를 샘플로 삼을 수밖에 없었어."

"카스미가오카 선배……."

"그래서, 그래서 말이야……. 이번에야말로 루리가 이겼으면 했어……."

"그때, 실은 사유카가 이기기를 바랐던 나로서는 말이야."

※ ※ ※

"그럼 드디어 시나리오가 완성된 거야?"

"응. 그런데……."

주위가 시끌벅적한데도 불구하고, 에리리는 여전히 엄청난 속도로 붓을 놀리고 있었다.

"그런데, 뭐?"

"내용은 보증 못 해. 일부분은 내가 썼으니까 말이야."

스케치북에는 교정과 캠프파이어 이외에도, 그 주위에서 춤추고 있을 엑스트라⋯⋯ 아니, 학생들도 그려져 있었다. 이제 히로인과 주인공이 춤추는 모습만 추가하면 이벤트 CG가 순식간에 완성되는 것이다.

"분명 오글거리는 문장의 온퍼레이드겠지. 오타쿠들이 좋아할 만한 설정으로 강해진 주인공에게 모에 요소만 어필하는 히로인들이 반하고, 싸우고 이기고 러브러브한 후에 모두가 행복해지는 엔딩을 맞이하는 거잖아."

"⋯⋯너, 아직 내 시나리오 안 본 거 맞지?"

"시나리오는 안 봤지만 네 머릿속은 옛날부터 봐왔어."

자기도 그런 전개를 좋아하면서 딴죽 걸어대기는.

나도 네 머릿속을 옛날부터 봐왔다고.

"뭐, 그러니까 우타하 선배의 작품이 졸작이라는 소리를 들을 가능성이 있긴 해."

혐오하는 동족은 취미 취향 전부 무시무시할 정도로 나와 비슷하고.

그리고 동경하는 천재는 작풍과 사상이 무시무시할 정도로 나와 달랐다.

세상일이라는 건 정말 어렵네.

"그래도⋯⋯."

"응?"

"예전 시나리오보다는 인기 있을 가능성이 커진 거지?"

"그래."

"『rouge en rouge』에게, 하시마 이즈미에게, 이길 가능성이 커진 거지?"

실은 "경쟁 따위는 아무래도 상관없잖아."라고 말해주고 싶다.

상대는 신경 쓰지 말고, 우리가 만족할 수 있는 작품을 만드는 것이 중요하다고…….

방금 임무를 완수한 덕분에 현자 모드가 된 내 머릿속에서는 그런 정론만 떠올랐다.

"……그래!"

하지만 그것이 에리리의 모티베이션이라면.

그리고 그것이 이즈미의 모티베이션, 이라면.

"그럼 됐어. 카스미오카 우타하가 얼마나 헐뜯기든 나랑은 상관없어."

"아니, 그건……."

우리는 불구대천의 원수로서 싸워보자고, 이오리…….

"그 말은 흘려들을 수 없네, 사와무라 양."

"그렇다고 취소할 생각도 없어."

"아니, 그 이전에……."

……이렇게 멋지게 이야기를 마무리 지으려고 해도 그렇게 되지 않는 것은 『blessing software』 멤버들 간의 커뮤니티력 덕분이라고 해야 할까, 탓이라고 해야 할까.

어느새 우리 뒤편으로 다가온 우타하 선배는 수면 부족에 의해 만들어진 묘한 텐션을 절묘하게 봉인하더니, 듣는 이를 얼어붙게 만들 듯한 아름다운 목소리로 에리리에게 말했다.

"그리고 이물질이 조금 섞였다고 해서 평판이 떨어질 만큼 내 텍스트는 약하지 않아."

"그렇게 센 척할 필요 없거든? 만약 안 팔리면 서브 시나리오라이터 탓으로 돌리면 되잖아. 그게 게임 시나리오라이터의 처세술이니까 말이야."

"그럴 수는 없어. 무슨 일이 있어도 윤리 군의 평판을 떨어뜨리지는 않을 거야. 내가 심혈을 기울여 겨우겨우 어엿한 남자로 만들어줬는데……."

"남자가 아니라 시나리오라이터로 만들어준 거잖아! 묘한 의역 하지 마!"

※　※　※

"하아아아아암……."

나는 노골적인 말다툼을 벌이고 있는 두 사람에게서 도망쳤다.

하지만 도망쳐봤자 불에 뛰어드는 불나방이나 마찬가지……는 아니지만, 진짜 불에 가까워지기는 했다.

그렇다. 이곳은 리얼충의 소굴…… 커플들이 원을 그리며 포크 댄스를 추고 있는 곳이었다.

"오라버니."

조금 전에 도망친 수라장에 버금갈 정도의 거북함을 느낀 나는 주위에 있는 남녀들 사이로, 그리고 그들과 부딪히지 않도록 조심하면서 천천히 걸었다.

"오라버니……."

아무튼 지금은 서둘러 이곳에서 빠져나가야만 한다.

다른 학생들에게 폐가 될 테고, 무엇보다 이 녀석들 또한 나에게 엄청 폐가 되니까…….

"정말! 오라버니도 참!"

"어?"

하지만, 그 순간.

계속 의식하고 있지 않던 목소리에, 무심코 반응하고 말았다.

『오라버니』…… 그것은 나와는 인연이 없는 호칭이다.

그렇기에 그 단어 안에 아무리 많은 모에 요소가 들어 있다 한들, 누군가가 그 호칭으로 나를 부른다는 오해 같은 것은 할 리가 없다.

하지만…….

"너무해요. 소마 오라버니^{토모야 군}……."

그곳에는, 처음 보는 한 소녀가, 틀림없이, 나만을 바라보고 있었다.

자연스럽게 기른 윤기 넘치는 흑발과, 덧없는 아름다움을 지닌, 수수께끼의 소녀.

"루리……?"

아니, 그렇지 않다.

그녀의 이름도, 외모도, 아주 약간이지만, 내 기억 속에 남아 있었다.

그렇다. 그것은 설정화나, 설정 자료 같은, 2차원 데이터 안에만…….

"루리가 계속 불렀는데…… 몇 년이나, 몇십 년이나, 계속, 계속……."

히노에 루리.

현세에서, 카노 메구리의 몸을 빌려, 과거에 잃은 목숨과 사랑을 되찾으려 한, 약간, 아니 꽤나 얀데레한, 오라버니 러브러브 여동생.

"아니, 지금의 나는…… 세이지인데."

그리고 배역은…… 카노 메구리와 마찬가지로, 카토 메구미.

"……기뻐요, 오라버니."

"…………."

활활 타오르고 있는 캠프파이어의 불빛에서 약간 떨어진 장소.

"다시 한 번 오라버니와 몸을 맞댔어요. 오라버니와 손을 맞잡았어요."

"……저기."

약간 어색하게 춤을 추고 있는 우리는 아주 조금이지만 주위의 주목을 받고 있었다.

"그저 그것만으로도, 아니, 이렇게 당치도 않은 일이 벌어진 게, 루리는, 너무도, 기쁘고, 기쁘고, 기뻐서……."

"아니, 그러니까 카토……."

"뭐하는 거야, 아키 군. 끝까지 제대로 연기하지 않으면 각본가 선생님에게 혼날 거야."

카스미가오카 선배

"역시 저 사람이 꾸민 짓인 거야……?"

떨어진 곳에 있는 벤치에서 이쪽을 노려보며 언짢은 듯이 스케치북에 붓질을 하고 있는 금발 여자애.

그 옆에서 기쁜 듯한, 분한 듯한, 응원하는 듯한, 욕설을 퍼붓는 듯한 표정을 번갈아가면서 쉴 새 없이 짓고 있는 흑발 여성.

"하다못해 오늘만은 루리로 있어달라는…… 부탁을 받았어."

나도 선배가 그런 부탁을 한 심정은 이해가 되었다.

"그녀를 성불시켜주고 싶대. 그녀의 바람을, 이뤄주고 싶대."

지금의 카토는…… 진짜 루리다.

약간 얀데레 끼가 있고, 어리광쟁이이며, 무지막지하게 귀여운, 소마가 총애하는 여동생이다.

이렇게 되니 에리리의 디자인 능력이 뛰어난 것인지 카토가 사실 엄청난 미소녀인 것인지 알 수가 없었다.

"그러니까 아키 군도 오늘은『소마의 기억이 되살아나, 루리에게 끌리는 세이지』를 제대로 연기해주지 않겠어?"

"하지만 그런 짓을 했다간 내일부터 학교 안에서 우리 소문이 돌지도 모른다고."

또 한 번의 헤어스타일 변경.

그리고『전설』의 포크 댄스를 함께 추고 있는 두 사람.

"괜찮아. 나와 아키 군이 그래 봤자 아무도 관심 안 가질 거야."

"자기 학대가 아예 몸에 익은 거구나, 카토……."

하지만 그런 중요 플래그를 수행 중인 두 사람은 여전히 어이없는 대화를 나누고 있었다.

손을, 마주 잡은 채.

자연스럽게, 몸을 맞댄 채.

※　※　※

"……TAKI UTAKO?!"

"괜찮은 이름이지?"

"잠깐만, 카스미가오카 우타하…… 너, 진심이야?"

"괜찮잖아. 이번 게임에만 쓰일 단순한 합작 펜네임일 뿐이야."

"……단순은 무슨. 그런 가벼운 마음으로 지은 게 아니잖아. 집념 좀 그만 불태우라구!"

"초등학생 때부터 질질 끌고 온 사람한테 그런 말 듣고 싶지 않아."

"그래도 나는 그딴 망상을 자기 위안으로 삼지는 않아."

"그러니까 단순한 펜네임이라고 말했잖아. 이걸로 크리에이터로서 그와 맺어졌다든가, 작가 간의 유대는 절대 끊어지지 않을 거라는 등의 정신 질환 여자애틱한 생각을 하는 건 아냐."

"아니긴 뭐가 아냐! 완벽한 대리 만족이잖아!"

"뭐, 이걸로 『우리』가 할 일은 끝났어."

"복수형을 써가면서 강조하지 않아도 돼. 그리고 토모야는 아직 할 일이 잔뜩 있단 말이야."

"이제 남은 건 당신의 그림뿐…… 마지막이자, 가장 큰 싸움이네."

"……알고 있어."

"시나리오 완성이 이렇게 늦어진 건 정말 미안해. 그 점에 관해서는 정말 미안하게 생각하고 있어."

"일부러 질질 끈 건 아니니까, 그렇게……."

"하지만, 만약 우리 이야기에 먹칠을 하는 거나 다름없는 짓을 한다면…… 용서하지 않을 거야."

"……네가 그런 말 안 해도, 이미 각오는 되어 있어."

"자, 그럼 나는 이만 갈게."

"벌써 돌아가는 거야?"

"무슨 소리 하는 거야? 이제부터가 문화제의 하이라이트 잖아."

"하지만 이제 후야제밖에…… 어, 어?"

"이제부터 윤리 군과 춤출 거야. 카토 양과 교대하기로 미리 약속했거든."

"뭐……?!"

"그것 때문에 졸린데도 일부러 학교까지 온 거야."

"자, 잠깐! 카스미가오카 우타하!"

"내가 춤춘 후에 당신도 출래? 아마 윤리 군이라면 거절하지 않을 거야."

"……."

"뭐, 당신은 지금까지 써온 몇 겹이나 되는 가면 때문에 그럴 수도 없겠지만 말이야."

"……."

"하지만 사와무라 양……. 꼼짝달싹 못하게 되기 전에 그 가면들을 어떻게 하는 편이 좋을 거야."

"……윽."

"그럼 갈게. ……힘내. 사와무라 에리리."

※ ※ ※

"질 수 없어……."

"아무한테도, 안 질 거라구……."

"…………우에에에에에엥."

■ 작가 후기

안녕하십니까. 마루토입니다.

『시원찮은 그녀를 위한 육성방법』 5권을 구매해주셔서 감사합니다.

이 시리즈를 읽은 적은 없지만 표지를 보고 무심코 구입해주신 분, 자화자찬일지도 모릅니다만 그 심정 이해합니다. 저도 이번 표지 러프를 보고 무심코 한숨을 내쉬었으니까요.

그리고 1권부터 계속 읽어주신 독자 여러분, 이미 알고 계시겠지만 이번 권부터 표지를 장식하는 히로인이 2주 차에 돌입했습니다.

당연하다는 듯이 카토를 빼먹고, 이번에는 1권 표지를 장식한 에리림보⋯⋯에리리조차 추월하면서 2주 차 전투에서⋯⋯ 선두에 선 우타하 선배가 왔습니다. 구체적으로 말하자면 마루토를 죽이려요.

그런고로, 이번에는 진짜배기, 완전무결, 우타하 선배 편이 되었습니다⋯⋯. 우타하 선배 편 맞죠?

2주 차가 되면서 방어구를 벗은(여러 가지 의미에서) 느낌입니다만, 이건 일러스트 담당인 미사키 씨와 편집자이신 하기와라 씨의 폭주…… 판단에 의한 것입니다. 마루토는 외야에서 가슴 졸이며 지켜보기만 했습니다요.

작가 입장에서는 모처럼 만든 히로인들이 균등하게 인기를 얻어서 잘되면 하렘 러브 코미디물로서 계속 해나갈 수 있으면 좋겠네~라든가, 히로인 네 명으로 2주 차 정도 돌려서 8권까지 끌고 갈 수 있으면 좋겠네~ 같은 생각도 하긴 했습니다. 하지만 이 작품의 전개는 제 개인적인 판단만으로는 정하지 못합니다. 일러스트 담당, 편집 담당, 그리고 독자 여러분 모두의 정치력에 크게 좌우되는 느낌이 풀풀 듭니다.

아니, 진짜로 이 작품은 누구 엔딩으로 해야 할까요……. 그 어떤 결말을 맞이해도, 누군가에게 원망을 살 것 같기에 벌써부터 완결 후가 걱정됩니다. 그리고 옛날부터 제 작품을 접해온 분들은 '네가 그런 소리를 하는 거냐.'라고 생각하더라도 그 말을 입에 담아서는 안 됩니다.

뭐, 그래도 이 작품에 능동적으로 참가해준 분들이 많다고 해도, 저는 게임 제작 등을 통해 공동 작업에 익숙합니다. 그래서 그런 분위기 속에서 힘을 합쳐 작품을 만드는 것이 즐겁기도 합니다.

게다가 이런저런 분들과 술을 마실 기회도 늘어나죠. 게다가 상대가 일 관련으로 얽혀 있는 분이라면 술값을 대신 (이하 생략).

그럼 5권 자체에 관한 이야기를 조금 할까 합니다.

이 작품을 조금이라도 진지하게 읽어주신 독자 분들이 계시다면(짜증 날 정도의 자기 학대), 그중에는 이번 권을 보면서 '뭐야. 이거 완전 2권이랑 같잖아.'라고 생각하실지도 모릅니다.

실제로 저도 다 쓴 후에 '이 녀석들, 정말 같은 짓을 반복해대기만 하지 진전이 없네……'라고 생각했습니다만(그럼 진전 좀 시키라고), 그 와중에도 아주 조금 성장한 윤리 군의 창작 열정이라든가, 꽤 진행되고 만 우타하 선배의 얼간이병 등을 느껴주시면 감사하겠습니다. 아니, 이렇게까지 해놓고 왜 플래그를 꽂지 못하는 거야, 선배…….

자, 그럼 다음은 6권입니다.

이 작품을 시작하면서, '조기 완결이 확정되면 그 권 에필로그를 이걸로 해야지.' 하고 생각해뒀던 겨울 코믹마켓에 드디어 도달했습니다.

게임 완성, 이벤트 참전, 라이벌과의 대결 등을 통해 클라이맥스를 맞이하게 된 겁니다.

스토리면에서도, 그리고 선전 면에서도(희망), 크게 격동하는 편이 될 것이라고 생각합니다.

그런 무지 중요한 6권에서 중심적 역할을 담당할 이는 1권에서 화려하게 표지 데뷔를 했지만, 지금은 배경 소품 급 고물 히로인으로서 사람들의 동정 어린 시선을 받고 있는 사와무라 스펜서 에리리가 될 듯합니다.

과연 정통파 금발 트윈 테일은 부활할 수 있을 것인가 (즉, 일러스트레이터와 편집자에게 제대로 된 취급을 받을 수 있을 것인가, 라는 의미에서)를 주목하면서…… 독자 여러분의 감정이 크게 흔들릴 수 있도록 전력을 다해 최선을 다할 생각입니다.

예? 카토? ……아니, 그녀는 매 편에서 멋진 역할을 독차지하고 있으니까 지금 이대로도 괜찮지 않을까요?

그럼 마지막으로 감사 인사를 드릴까 합니다.

……아, 평소 감사를 드리는 두 분에 대해 앞에서 이런저런 이야기를 했는데 또 왈가왈부하는 건 좀 그렇겠네요.

아무튼, 앞으로도 함께 최선을 다하죠. 미사키 씨. 하기와라 씨.

그럼 다음은 카스미 우타코에게도 미지의 영역인 6권에서 뵙겠습니다.

2013년 화이트 앨으의 계절

마루토 후미아키

■역자 후기

 안녕하십니까. 근로청년 번역가 이승원입니다.
『시원찮은 그녀를 위한 육성방법』 5권을 구매해주셔서 진심으로 감사드립니다.

 『시원찮은 그녀』 역자의 멋대로 미소녀 게임 토크 제5탄!
 ……을 할까 했습니다만, 이번 권에서는 쉬어가도록 하겠습니다.
 ……따, 딱히 귀찮아진 건 아니거든요? 이번에도 역자 후기 코너에 써먹을 소재를 나름 준비해뒀습니다만(태어나서 처음으로 해본 한국어 더빙 미소녀 게임인 센티멘털 그래피티라든가, 표지와 뒤표지와 게임 내용이 3연속으로 저를 좋은 쪽으로(?) 배신했던 풍우래기라든가), 그래도 표지 캐릭터가 2주 차에 접어들기도 한 만큼, 본편 내용 관련으로 이런저런 이야기가 하고 싶어졌습니다, AHAHA.

 ……이제 변명은 그만하고 속 시원하게 본심을 털어놓겠습니다.

여러분!

……이번 권의 카토, 너무 끝내주지 않나요?

…………여, 여러분이 이 글을 보면서 '이 역자, 뭐 잘못 먹었나?' 하고 생각하실 거라는 건 충분히 알고 있습니다. 제 지인 중에는 이 시리즈에서 역자가 작품 관련 토크를 안 하는 건 메인 히로인에게서 매력을 느끼지 못했기 때문이라고 대놓고 말한 사람도 있으니까요(참고로 그건 사실이 아닙니다! 믿어주세요!)

그렇지만, 그렇지만…… 이번 권의 카토는 너무 끝내줬어요.ㅠㅜ(털썩)

1권에서는 그저 토모야에게 휘둘리다 후반부에 약간의 의욕을 보였고, 2권에서는 토모야와 데이트를 하면서 그가 잊고 있던 중요한 사실을 깨닫게 해줬으며, 3권에서는 코믹마켓 판매원으로 대활약(어이)하고 땡이었죠. 솔직히 말해 여기까지는 '오타쿠 주인공에게 휘둘리는 붙임성 좋은 일반인 여자애'라는 느낌이었습니다. 예. 꽤 귀엽기는 했지만 제 하트를 휘어잡을 정도는 아니었죠.

그런데 4권에서부터 조금씩 변하기 시작하더군요. 토모야의 집에서 스크립트 관련 서적을 강탈해 와서 독학으로 공부한 후, 멘붕 모드인 모 동인 게임 제작 서클 디렉터에게 제대로 한 방 먹여줬을 때는 정말 좋았습니다. 그 후에도 효도 미치루 공략의 열쇠(?)를 토모야에게 가르쳐줬으며,

그의 의논 상대이자 정신적 버팀목이 되어줬습니다.

그리고 이번 5권! 솔직히 말해 이번 권의 숨겨진 주인공은 카토가 아닐까 하고 생각합니다. 우리의 섹시 선배님께서 컬러 일러스트 쪽에서 무쌍(?)을 찍고 있는 와중에, 카토는 본문 안에서 스나이핑(?)을 해대고 있더군요. 토모야가 느끼는 불안감의 정체를 알 힌트를 제시해주고, 무리하는 그를 위해 자신의 의지로 그의 방에 가서(야한 의미에서가 아니라!) 같이 게임을 만들었습니다. 그리고 그 불안감의 정체와 해결점을 찾은 토모야와 우타하 선배가 틀어지는 것을 막기 위해 쿠션 역할을 해주죠.

게다가 언제나 마이 페이스이던 카토가 토모야의 방에서 밤샘을 한 후 보여주는 약한 모습도 좋았고, 그 누구보다도 먼저 우타하 선배가 만든 '루리'라는 캐릭터의 진실에 도달하는 부분은 개인적으로 감동이었습니다.

정말 이번 권에서의 카토는 최고였습니다. 그리고 대미를 장식한 것이 시원찮은 시리즈 최초의 양면 흑백 일러스트!

게임화까지 된 모 정령 공략 라이트노벨(^^)에서는 한 권에 한 번, 그것도 각 권의 메인 히로인이 장식하는 그 양면 일러스트를 카토가 이 시리즈 최초로 장식한 겁니다! 우오오!

개인적으로 마루토 작가님의 작품에서 메인 히로인은 제각각이라도 진 히로인은 언제나 흑발 롱헤어 히로인이라는 생각을 가져왔습니다. 그리고 제가 좋아한 캐릭터도 진 히로인 쪽이었고요. 그런데…… 이 공식이 이번 5권을 통해 흔들리기 시작하네요, AHAHA.

과연 다음 권에서 우타하 선배는 진 히로인 지분(^^)을 카토에게서 빼앗아 올 수 있을 것인지 정말 기대됩니다. ……예? 6권 메인은 에리리라고 작가님이 후기에서 말씀하셨다고요? ……크, 크으으으으윽!(통한의 눈물)

그럼 이만 줄이겠습니다.

이 작품을 저에게 맡겨주신 삐야 님과 L노벨 편집부 여러분. 이번 5권에서도 폐 많이 끼쳤습니다. 앞으로도 잘 부탁드립니다.

마감 기간 동안 병원에 입원한 어머니 병간호를 대신해준 지인들이여. …………고마워.ㅠㅜ

마지막으로 언제나 제게 버팀목이 되어주시는 어머니와 『시원찮은 그녀를 위한 육성방법』을 읽어주신 모든 분들에게 진심으로 감사드립니다.

금발 츤데레 아가씨의 복수혈전(?)이 기대되는 6권 역자 후기에서 다시 뵙겠습니다!

2015년 1월 초
역자 이승원 올림

시원찮은 그녀를 위한 육성방법 5

1판 1쇄 발행 2015년 2월 10일
11판 9쇄 발행 2020년 3월 20일

지은이_ Fumiaki Maruto
일러스트_ Kurehito Misaki
옮긴이_ 이승원

발행인_ 신현호
편집장_ 김은주
편집진행_ 김기준 · 김승신 · 원현선 · 권세라
편집디자인_ 양우연
국제업무_ 정아라 · 전은지
관리 · 영업_ 김민원 · 조은걸 · 조인희

펴낸곳_ (주)디앤씨미디어
등록_ 2002년 4월 25일 제20-260호
주소_ 서울시 구로구 디지털로 26길 111 JnK디지털타워 503호
전화_ 02-333-2513(대표)
팩시밀리_ 02-333-2514
이메일_ lnovelpiya@naver.com
ㄴ노벨 공식 카페_ http://cafe.naver.com/lnovel11

원제 Saenai heroine no sodate-kata. Vol.5
ⓒ Fumiaki Maruto, Kurehito Misaki 2013
Edited by FUJIMISHOBO
First published in Japan in 2013 by KADOKAWA CORPORATION, Tokyo.
Korean translation rights arranged with KADOKAWA CORPORATION, Tokyo.

ISBN 978-89-267-9865-2 04830
ISBN 978-89-267-9771-6 (세트)

값 6,800원

린짱 나우! SSs

sezu 지음 | 가루나(오와타P) 감수 | 타무라 히로 일러스트 | 이수지 옮김

rin-chan NOW! Short Stories
실체화한 린과 함께 노래를 만들고 싶어.
손수 만든 요리로 솔직하지 못한 린의 마음을 녹이고 싶어.
전학 온 카가미네의 노랫소리를 독차지하고 싶어.
린을 전국적인 마법 소녀로 만들고 싶어.
Project DIVA F에서 린을 구하고 싶어.

**보컬로이드 · 카가미네 린을 향한 사랑을 노래한
「린짱 나우!」가 단편집으로!**

NOVEL